PÁGINAS RECOLHIDAS
RELÍQUIAS DE CASA VELHA

Machado de Assis (1839-1908)
Ilustração de Marcos Lisboa

PÁGINAS RECOLHIDAS
RELÍQUIAS DE CASA VELHA

Machado de Assis

Edição preparada por
MARTA DE SENNA

wmf **martinsfontes**

SÃO PAULO 2008

Copyright © 2008, *Livraria Martins Fontes Editora Ltda.*,
São Paulo, para a presente edição.

1ª edição 2008

Acompanhamento editorial
Helena Guimarães Bittencourt
Preparação do original
Ana Maria de O. M. Barbosa
(cotejo com original)
Revisões gráficas
Daniela Lima
Maria Luiza Favret
Produção gráfica
Geraldo Alves
Paginação
Moacir Katsumi Matsusaki

Dados Internacionais de Catalogação na Publicação (CIP)
(Câmara Brasileira do Livro, SP, Brasil)

Assis, Machado de, 1839-1908.
    Páginas recolhidas ; Relíquias de casa velha / Machado de Assis ; edição preparada por Marta de Senna. – São Paulo : Editora WMF Martins Fontes, 2008. – (Contistas e cronistas do Brasil)

    ISBN 978-85-7827-023-0

    1. Contos brasileiros I. Senna, Marta de. II. Título. III. Título: Relíquias de casa velha. IV. Série.

08-06852   CDD-869.93

Índices para catálogo sistemático:
1. Contos : Literatura brasileira   869.93

Todos os direitos desta edição reservados à
Livraria Martins Fontes Editora Ltda.
Rua Conselheiro Ramalho, 330 01325-000 São Paulo SP Brasil
Tel. (11) 3241.3677 Fax (11) 3101.1042
e-mail: info@wmfmartinsfontes.com.br http://www.wmfmartinsfontes.com.br

COLEÇÃO
"CONTISTAS E CRONISTAS DO BRASIL"

Vol. XVII – Machado de Assis

Esta coleção tem por objetivo resgatar obras de autores representativos da crônica e do conto brasileiros, além de propor ao leitor obras-mestras desse gênero. Preparados e apresentados por respeitados especialistas em nossa literatura, os volumes que a constituem tomam sempre como base as melhores edições de cada obra.

Coordenador da coleção, Eduardo Brandão é tradutor de literatura e ciências humanas.

Marta de Senna, que preparou o presente volume, é pesquisadora da Fundação Casa de Rui Barbosa. Lecionou Literatura Comparada na UFRJ e publicou, sobre Machado de Assis, *O olhar oblíquo do Bruxo*: ensaios em torno de Machado de Assis (Nova Fronteira) e *Alusão e zombaria*: considerações sobre citações e referências na ficção de Machado de Assis (Fundação Casa de Rui Barbosa). Recentemente, disponibilizou na internet um *site* de buscas no universo das citações e alusões na ficção machadiana: www.machadodeassis.net.

ÍNDICE

Introdução IX
Cronologia XXXV
Nota sobre a presente edição XLI

PÁGINAS RECOLHIDAS

O caso da vara 3
O dicionário 15
Um erradio 21
Eterno! 51
Missa do galo 69
Idéias de canário 81
Lágrimas de Xerxes 89
Papéis velhos 99

RELÍQUIAS DE CASA VELHA

Pai contra mãe 113

Maria Cora 131
Marcha fúnebre 161
Um capitão de voluntários 173
Suje-se gordo! 195
Umas férias 203
Evolução 215
Pílades e Orestes 225
Anedota do cabriolé 241

INTRODUÇÃO

Páginas recolhidas e *Relíquias de casa velha* são, no conjunto da obra de Machado de Assis, dois livros peculiares, na medida em que constituem misceláneas em que o autor reuniu textos de natureza bastante diversa.

A maneira pela qual Machado dá conta desse caráter misto dos livros é, no caso de *Páginas recolhidas*, leve e bem-humorada. Recorre a uma frase de Montaigne, um de seus autores de cabeceira, na qual se resume a constituição do livro, e dela faz a epígrafe perfeita para a obra que entrega ao público, em 1899: "Quelque diversité d'herbes qu'il y ayt, tout s'enveloppe sous le nom de salade." Em seguida, em prefácio enxuto, descreve a variedade do livro e, mais do que isso, empenha-se em dizer a origem das *páginas* ali *recolhidas*. Declara que algumas "são contos e novelas, figuras que vi[u] ou imagin[ou]" e que "saíram primeiro nas folhas volantes do jornalismo, em data diversa". Acrescenta que as escolheu, dentre muitas, "por achar que ainda agora possam interessar". Além disso, "contos e novelas", inclui na coletânea a comédia *Tu só, tu, puro amor*, que escrevera para as festas do terceiro centenário da morte de Camões; uma análise da correspondência de Renan com a irmã Henriqueta; uma evocação do velho Senado do Império, à época em que o autor fazia para o *Diário do Rio de Janeiro* a cobertura das sessões parlamentares; um discurso pronunciado por ocasião do lançamento da pedra fundamental da estátua de José de Alencar; enfim, "alguns retalhos de cinco anos de crônica na *Gazeta de Notícias*".

Passados sete anos, quando Machado dá à estampa *Relíquias de casa velha*, o tom é outro. O escritor está velho, viúvo e triste. Não há a apropriação divertida de Montaigne, mas, simplesmente, uma "Advertência", na qual diz que os "inéditos e impressos" aí publicados são como "relíquias" de sua vida, a "casa velha" da qual decide "arejar e expor" alguns guardados. São, segundo a sua sempre precisa descrição, "idéias, histórias, críticas, diálogos". Talvez por recato, não menciona a peça de abertura, o belíssimo soneto "A Carolina", em que chora a perda da mulher, com quem fora casado por 35 anos. E, talvez, porque não menciona esta, prefira não individualizar nenhuma das composições, que são, além dos contos propriamente ditos, "Páginas críticas e comemorativas" ("Gonçalves Dias", "Um livro", "Eduardo Prado", "Antônio José"), além de duas peças de teatro, *Não consultes médico* e *Lição de Botânica*.

No volume que o leitor tem agora em mão, reúnem-se os 17 contos – isto é, as narrativas ficcionais – contidos em ambas as obras. Deixaram-se de fora as narrativas não ficcionais, que se poderiam chamar de crônicas; as peças de circunstância, os textos de natureza ensaística, as peças dramáticas e o poema lírico dedicado a Carolina.

Dos oito contos de *Páginas recolhidas*, sete foram publicados anteriormente no Rio de Janeiro, cinco deles na *Gazeta de Notícias*: "Papéis velhos" (14 de março de 1883), "O dicionário" (que saiu com o título no plural: "Os dicionários", em 1º. de março de 1885), "Eterno!" (9 de setembro de 1887), "O caso da vara" (1º. de janeiro de 1891) e "Idéias de canário" (15 de novembro de 1895, com o título de "Que é o mundo?"); "Missa do galo" saiu em *A Semana* nº. 41 (12 de maio de 1894, transcrito em 15 de maio, no *Correio Paulistano*); "Um erradio" saiu em *A Estação* (também em 1894, em 15 e 30 de setembro, 15 e 31 de outubro e 15 e 30 de novembro). De "Lágrimas de Xerxes", segundo J. Galante de Sousa, não foi localizada publicação anterior[1].

Do conjunto de nove contos de *Relíquias de casa velha*, apenas quatro foram estampados na imprensa: "Evolução" foi veiculado na *Gazeta de*

---

1. SOUSA, J. Galante de. *Bibliografia de Machado de Assis*. Rio de Janeiro: Instituto Nacional do Livro, 1955.

Notícias, em 24 de junho de 1884; "Maria Cora" saiu, sob o título de "Relógio parado", em *A Estação*, entre janeiro e março de 1898; e tanto "Pílades e Orestes" quanto "Anedota do cabriolé" foram publicados no *Almanaque Brasileiro Garnier*, o primeiro em 1903, o segundo, em 1905. Os demais contos, ainda segundo a palavra autorizada de Galante de Sousa, eram inéditos quando Machado os incluiu na coletânea: "Pai contra mãe", "Marcha fúnebre", "Um capitão de voluntários", "Suje-se gordo!" e "Umas férias".

Em nenhum dos livros de contos de Machado de Assis há unidade temática entre as histórias, o que já vem indicado nos seus títulos, que sugerem atemporalidade, variedade, e apontam para o caráter avulso das peças. Além do valor semântico desses títulos, atente o leitor para um traço morfológico pertinente aos sete títulos – o plural: *Contos fluminenses* (no qual, em todo caso, há relativa unidade no fato de seis das sete histórias se passarem, de fato, na província do Rio de Janeiro), *Histórias da meia-noite*, *Papéis avulsos*, *Histórias sem data*, *Várias histórias*, *Páginas recolhidas* e *Relíquias de casa velha*. Nestes dois últimos, aqui reunidos em um só, essa diversidade é patente e para ela chama atenção o autor, no Prefácio de um e na Advertência do outro. Contudo, há certos traços machadianos que subjazem a quase tudo o que escreveu, ainda que, muitas vezes, possam esses traços assumir feições bem diferentes. Para comentar os contos deste volume, elegi aquela que me parece uma das marcas mais significativas do autor, desde as narrativas de estréia (*Contos fluminenses*, 1869) até a obra-prima final (*Memorial de Aires*, 1908): a ironia.

A palavra grega "ironia" quer dizer "dissimulação". Segundo os historiadores da filosofia e da literatura, é registrada pela primeira vez na *República* de Platão e significa um modo ardiloso de conduzir o pensamento das pessoas. Nos diálogos platônicos, o próprio Sócrates assume o papel de *eíron*, ou seja, o "dissimulador", que, fingindo um ar de ignorância e tolice, propõe perguntas aparentemente inócuas e ingênuas, que pouco a pouco vão solapando o argumento do interlocutor e o conduzem a enxergar a verdade.

Para os retóricos latinos, particularmente Cícero e Quintiliano, a ironia era uma figura de linguagem, uma maneira peculiar de construir o discurso, na qual o sentido do que se diz é contrário ao que dizem as palavras. Esse caráter ambivalente, passível de levar a interpretações contraditórias, é a característica da ironia que vem atravessando os tempos.

Desde o século XVIII, a palavra freqüenta os escritos das principais línguas de cultura do Ocidente, sempre designando o modo pelo qual uma pessoa diz alguma coisa e dá a entender o contrário. No fim desse mesmo século, teóricos e pensadores se dedicaram a estudar o conceito de ironia. Os alemães August e Friedrich Schlegel, por exemplo, dedicaram-se a tentar compreender e explicar esta manifestação – talvez a mais sutil – do espírito cômico. Outro alemão, Karl Solger, introduziu o conceito de que a verdadeira ironia começa com a contemplação do destino humano, e chegou à denominação de ironia cósmica ou ironia filosófica. Também foram os alemães que começaram a ligar o termo "ironia" ao ponto de vista objetivo e distanciado do artista em relação a sua obra. É Friedrich Schlegel quem cunha a expressão "ironia romântica", aquela usada por um autor que exibe a consciência de que não espera nem deseja que sua obra seja tomada inteiramente a sério; tal autor transmite esse tom e atitude (convidando o leitor a ter um tom e uma atitude semelhantes), sendo ao mesmo tempo criticamente cioso do que está fazendo e de por que o está fazendo; daí, esse autor ser plenamente consciente das implicações cômicas da sua seriedade; a ironia romântica ocorre quando o autor nos mostra o que faz, ao fazê-lo, quando comenta a literatura em geral ou a própria obra que está escrevendo.

No século XIX, dedicaram-se a estudar a ironia, entre outros, filósofos como Kierkegaard, para quem a ironia é um modo de encarar a existência, e Henri-Frédéric Amiel, para quem a ironia surge da percepção do absurdo da vida.

Atualmente, como de resto desde a origem, o conceito de ironia é de difícil definição, mas implica invariavelmente a consciência de uma discrepância entre as palavras e seu sentido, entre as ações e seus resultados, entre a aparência e a realidade. Sendo uma qualidade ou um modo de expressão tão oblíquos, a ironia pode estar presente na obra de grandes escritores de maneira também oblíqua, deixando-se entrever no tom, na maneira distanciada de olhar para as coisas, de reagir diante delas e de expressá-las. Nesse sentido, são grandes ironistas Voltaire, Swift, Thomas Mann – e Machado de Assis. A sensibilidade seca, lacônica, supostamente imparcial que permeia as suas obras se desdobra em uma visão particular dos homens e da existência. Em suas narrativas, a ironia é uma espécie de instrumento da verdade: purifica, refina, zomba, denuncia, despreza, ridiculariza.

O conto de abertura de *Páginas recolhidas*, "O caso da vara", dialoga em linha direta com a história que abre *Relíquias de casa velha*, "Pai contra mãe". Ambos são peças de denúncia do regime escravista, coisa, aliás, rara na ficção de Machado de Assis, vindo à tona só incidentalmente nos romances[2].

---

2. Um exemplo é o caso do moleque Prudêncio de *Memórias póstumas de Brás Cubas* que, uma vez liberto por Brás, compra para si um escravo que submete aos mesmos maus-tratos de que fora vítima quando seu ex-dono o maltratava, em criança.

"O caso da vara" tem deliciosos ecos de *Memórias de um sargento de milícias*, na comicidade aberta (e também pouco usual em Machado) da caracterização de sinhá Rita, que "tinha quarenta anos na certidão de batismo e vinte e sete nos olhos (...). Era apessoada, viva, patusca, amiga de rir", e amante de João Carneiro, padrinho de Damião. Por isso o rapaz, esperto, põe-se sob sua proteção quando foge do seminário. Quando o amante hesita, porque teme enfrentar o amigo, que queria o filho padre, sinhá Rita é taxativa: "Joãozinho, ou você salva o moço ou nunca mais nos vemos." A situação lembra bastante a do romance de Manuel Antônio de Almeida, em que D. Maria-Regalada[3], amante do major Vidigal, também obtém dele que se empenhe em livrar o Leonardo da cadeia.

A ironia que se instala no final do conto é sutilíssima e resulta do contraste entre o que Damião sabe ser a atitude moralmente nobre e correta e a ação covarde de entregar a sinhá Rita a vara com que vai espancar a pobre Lucrécia, cujo delito fora, afinal, distrair-se do trabalho

---

3. Eis a descrição que dela faz o narrador das *Memórias de um sargento de milícias*: "Maria-Regalada fora no seu tempo uma mocetona de truz, como vulgarmente se diz: era de um gênio sobremaneira folgazão, vivia em contínua alegria, ria-se de tudo, e de cada vez que se ria fazia-o por muito tempo e com muito gosto: daí é que vinha o apelido – *regalada* – que haviam juntado ao seu nome" (cap. 22).

com os bilros de fazer renda justamente por causa das histórias dele, Damião. A habilidade com que o narrador relata o gesto final de entrega da vara, a despeito das súplicas da menina escrava e tísica, acentua a discrepância entre o que sente Damião e como age, movido pelo interesse, um interesse menor (livrar-se do seminário, com a ajuda de sinhá Rita), numa aliança de cujo bom sucesso não tem sequer garantia alguma: "Damião sentiu-se compungido; mas ele precisava tanto sair do seminário! Chegou à marquesa, pegou na vara e entregou-a a sinhá Rita."

Em "Pai contra mãe", a história se desenvolve no sentido de acentuar a oposição cruel entre as situações do branco Cândido Neves (cuja mulher, também branca, como se não bastasse o nome do marido, chama-se Clara) e da escrava fugida, a mulata Arminda. Cândido a persegue e a captura para ganhar a recompensa do dono da escrava e, com aqueles cem mil-réis, comprar alimento para o filho recém-nascido. Ao chegar à casa do dono da escrava, aprisionada por Candinho (o diminutivo também soa irônico), "levada do medo e da dor, e após algum tempo de luta a escrava abortou". Para remate da ironia, o narrador conclui o conto dizendo que "Cândido Neves, beijando o filho, entre lágrimas verdadeiras, abençoava a fuga e não se lhe dava do aborto". E mais, atribui-lhe voz, numa fala em que a ironia tem dupla raiz: a diferença entre os transes por que passam o próprio Cândido e a escrava fugida; e, pior ainda, o fato de ser o coração (por metonímia, a sensibilidade) que lhe dita a frase com que se encerra o conto: "– Nem todas as crianças vingam, bateu-lhe o coração." O silêncio que se instala depois dessa fala permanece no ouvido do leitor, que custa a recompor-se para prosseguir na leitura do livro.

Ironia de caráter mais amplo e menos ferino, porque transposto para o nível daquilo que se poderia chamar de fantasia alegorizante, é a que o leitor encontrará em "O dicionário". O conto, publicado apenas quatro anos depois de *Memórias póstumas de Brás Cubas*, tem algumas semelhanças interessantes com esse romance, quanto mais não seja na profissão do protagonista, um tanoeiro, como tanoeiro havia sido Damião Cubas, trisavô de Brás. Assim como o pai de Brás inventa uma genealogia supostamente aristocratizante para os Cubas, cujo nome de família não era, afinal, senão a designação daquilo que o antepassado fabricava e negociava, aqui também o tanoeiro Bernardino, uma vez tendo-se feito rei (ele que liderara uma revolução para dar o trono à multidão), "encomendou uma genealogia a um grande doutor nessas matérias, que em pouco mais de uma hora o entroncou a um tal ou qual general romano do século IV, Bernardus Tanoarius". O conto é todo inscrito na clave da ironia, em diferentes níveis, desde o ostensivamente verbal, em que o narrador diz o contrário do que pretende que entenda o leitor, até um nível mais sutil, em que, discretamente envolvendo o leitor, o narrador machadiano o coopta para observar o absurdo de tudo o que vai narrando. Sirva de exemplo a seqüência da passagem que acabo de transcrever: o *sobrenome* Tanoarius "deu lugar à controvérsia, que ainda dura, querendo uns que o rei Bernardão tivesse sido tanoeiro, e outros que isto não passe de uma confusão deplorável com o nome do fundador da família. *Já vimos que esta segunda opinião é a única verdadeira*" (grifos meus). O narrador, por trás de cuja voz se ouve com bastante nitidez a do autor, ironiza a ambição de poder, os bajuladores, o arbítrio e até um certo "realismo político" em âmbito doméstico: o rei pretende casar-se com a "moça Estrelada, bela, rica e ilustre"; esta, fiel à dinastia decaída, e apaixonada em segredo por um jovem poeta, recusa o amor do monarca, que lhe oferecia "as cousas mais suntuosas e raras"; sua família, pragmática, "bradava-lhe que uma coroa na cabeça valia mais que uma saudade no coração".

Em "Lágrimas de Xerxes", do mesmo *Páginas recolhidas*, valendo-se das *Histórias* de Heródoto, Frei Lourenço descreve para Romeu e Julieta (o fato de tomar emprestados a Shakespeare os nomes das personagens já é indicial de uma intenção de despersonalização do problema tratado) um determinado episódio da vida do rei persa. Heródoto conta como o monarca mandou chicotear o mar que destruíra uma ponte que sobre ele fizera construir, assim como ordenou a decapitação de todos os que a haviam construído. Conta o historiador que esse mesmo rei um dia, no Helesponto, ao contemplar as suas tropas inumeráveis, pôs-se a rir de puro gozo diante do próprio poder, da própria indestrutibilidade. De repente, passou do riso ao pranto, "as lágrimas saltaram-lhe grossas e irreprimíveis". Quando lhe perguntam o motivo de tais lágrimas, "respondeu melancolicamente que chorava, considerando que de tantos milhares e milhares de homens que ali tinha diante de si, e às suas ordens, não existiria um só ao cabo de um século". O fosso que separa as duas atitudes de Xerxes – por um lado mandar matar milhares de pessoas, por outro, chorar diante da consciência da mortalidade humana – é em si mesmo irônico, e reflete, ou antes, reverbera, a atitude de Damião, de "O caso da vara", e de Cândido Neves, de "Pai contra mãe".

Uma faceta peculiar ao olhar irônico que Machado de Assis deita sobre as coisas é a relativização de absolutos e, neste particular, é paradigmático o conto "Idéias de canário". Como há de lembrar-se o leitor – visto que esta é uma das peças mais reeditadas do autor, figurando em inúmeras antologias e seletas –, esta é mais uma narrativa alegórica, na qual um canário, a que o narrador dá voz, revela-se como uma espécie de filósofo ao ornitólogo que o adquire numa loja de belchior. Sua concepção do mundo se pauta pelo espaço em que, a cada momento da história, se circunscreve a sua vida. Não há absolutos, o mundo é, a cada momento, uma coisa diferente, porque visto de um ponto de vista diferente, e, "fora daí, tudo é ilusão e mentira".

Em "Eterno!", há uma relativização análoga, pois o próprio conceito de "eterno" é banalizado, a ponto de, na voz de um cocheiro, a quem o narrador pergunta o que é eterno, reduzir-se a uma circunstância menor: "(...) eu acho que eterno é o fiscal da minha rua, um maroto que, se lhe não quebro a cara um destes dias, a minha alma não se salve. Pois o maroto parece eterno no lugar (...)". Se o atributo da eternidade é habitualmente conferido a conceitos abstratos (Deus, o amor, a vida etc.), o fato de ser aqui conferido a um ser humano e, além de tudo, a um fiscal "maroto", e que "parece eterno no lugar", leva o leitor a refletir sobre a tal relatividade dos pontos de vista. De resto, o entrecho do conto pulveriza a eternidade do amor de Norberto por Iaiá Lindinha, uma vez que, depois de ter definido assim o seu sentimento pela moça, o rapaz estará, poucos anos mais tarde, casado com outra e completamente esquecido da primeira, agora casada com o narrador. Pois bem: depois de constatar a vacuidade do conceito de eterno para Norberto, o narrador propõe a pergunta ao cocheiro e recebe a resposta que se viu. Chega ao hotel em que está hospedado com a mulher no Rio de Janeiro (vindos ambos da Bahia, onde moravam) e faz a ela a mesma pergunta que fizera ao cocheiro: "O que é eterno, Iaiá Lindinha?" Leve e brincalhona é a resposta da mulher ("Ingrato! É o amor que te tenho."), e o narrador é capaz de jantar "tranqüilo e jovial" depois de ouvir-lhe essa resposta. Mas fica no leitor a dúvida sobre quão eterno seria esse amor, já que o outro assim definido se provara completamente efêmero e já que eterno podia ser algo tão trivial quanto um fiscal de cocheiros que não saía de seu posto.

Na mesma linha, o entrecho de "Papéis velhos" conduz a reflexão semelhante, por parte do leitor, numa passagem em que a ironia machadiana encontra uma de suas melhores expressões, ao justapor o registro coloquial ao formal, o banal ao sublime, o circunstancial ao transcendente, com um efeito devastador. A personagem central está a ler cartas velhas relativas a um caso amoroso que não durara mais do que dez meses. A certa altura, diz o narrador:

> Nada faltava a essas cartas; lá estava o infinito, o abismo, o eterno. Um dos *eternos*, escrito na dobra do papel, não se chegava a ler, mas supunha-se. A frase era esta: "Um só minuto do teu amor, e

estou pronto a padecer um suplício et…" Uma traça bifara o resto da palavra; comeu o *eterno* e deixou o *minuto*. Não se pode saber a que atribuir essa preferência, se à voracidade, se à filosofia das traças. A primeira causa é mais provável; ninguém ignora que as traças comem muito (grifos do autor).

Em apenas dois contos de *Páginas recolhidas*, creio que a ironia não é um traço significativo: "Um erradio" e "Missa do galo". O primeiro é um conto longo, tendo sido publicado em seis diferentes números de *A Estação*, como ficou dito acima, e não me parece ter significados escondidos. É a composição de um tipo, talvez uma das figuras que o autor viu ou imaginou, conforme afirma no Prefácio da obra. Possivelmente há aí alguma inspiração em Edgar Allan Poe e seu *man of the crowd*, embora aqui sem nenhum traço acentuadamente patológico, que possa aproximar o protagonista, Elisiário, ao "gênio do crime profundo" do conto famoso do autor norte-americano, por quem, aliás, Machado tinha enorme admiração e cujo poema mais popular, "O corvo", traduziu com competência para a nossa língua.

O segundo, "Missa do galo", é um primor de concisão, de sugestão, de meios-tons, de meia-luz. Nada acontece, de fato, na história. Na penumbra de uma sala modesta e parcamente mobiliada, a mulher madura e provavelmente carente (em decorrência do casamento com um homem adúltero e negligente) executa uma es-

pécie de balé da sedução a toda do narrador
adolescente (que narra a história anos mais tarde, declarando ainda não entender o que se tinha passado), cuja sexualidade em botão exerce sobre ela visível fascínio. Note-se que ela se chama Conceição, embora, pelo menos como a evoca o narrador anos depois, nada tivesse de imaculada. O assunto, que em mãos menos hábeis poderia resvalar para o vulgar, é tratado com perícia por um Machado na plenitude do domínio sobre o seu meio expressivo, e o conto lembra as melhores narrativas de Tchekhov, nas quais, como aqui, nada acontece, tudo é apenas sugerido, deixando, porém, lembranças indeléveis na memória – das personagens e do leitor.

A ironia vai reaparecer em algumas das histórias de *Relíquias de casa velha*. Além da já examinada "Pai contra mãe", o leitor surpreenderá a mirada irônica do autor sobre a vida e os homens em contos como "Maria Cora" e "Um capitão de voluntários". Ambos são perpassados de uma sensualidade explicitada de maneira pouco habitual no escritor "vitoriano" que foi Machado de Assis. Creio que quem primeiro aponta para isso na fortuna crítica machadiana é o gaúcho Augusto Meyer[4]. Em "Maria Cora", tan-

---

4. "Da sensualidade". In: MEYER, Augusto. *Machado de Assis*. Rio de Janeiro: São José, 1958, pp. 129-37; as referências a Maria Cora e a Maria (de "Um capitão de voluntários") estão na p. 134.

to a personagem-título quanto as personagens secundárias (chamadas – ironicamente? – Dolores e Prazeres), ambas amantes do marido de Maria Cora, são mulheres movidas a paixão. Basta remeter o leitor a duas cenas do conto: a reação de Prazeres quando o narrador mata João da Fonseca: "Quando, acabado tudo, a Prazeres viu o cadáver do amante, fez uma cena que me encheu de ódio e de inveja. Pegou em si e deitouse a abraçá-lo"; e a reação de Maria Cora, quando, na última página do conto, o narrador lhe apresenta, como prova de que havia mesmo matado o marido que a traíra tantas vezes, os cabelos que cortara ao cadáver: "Quando lhe mostrei os cabelos do marido, atirou-se a eles, recebeu-os, beijou-os, chorando, chorando, chorando…" A ironia resulta do abismo entre o desejo do narrador por Maria Cora (que fora capaz de matar por ela) e a paixão dela pelo marido, duplicada na distância que vai da mulher que, de certa maneira, incitara o narrador a ir combater no Sul em busca da oportunidade de matar lealmente o federalista João da Fonseca, e esta que não apenas faz essa cena de paixão desesperada, mas escreve depois ao narrador dizendo não poder aceitar a mão do homem que, embora lealmente, lhe matara o marido. O narrador compara os dois momentos, escamoteia a própria perplexidade, não comenta nada, ciente de que os fatos falam por si.

Em "Um capitão de voluntários", a personagem feminina, Maria, "que era um modelo de graças finas, toda vida, toda movimento", é também uma mulher sensualíssima e, como a Genoveva de "Noite de almirante" (talvez o conto mais popular de *Histórias sem data*, de 1884), é completamente amoral. Vive amasiada com X..., um dia sente-se atraída pelo jovem amigo do amante (o narrador da história), vive com ele uma paixão candente e pouco duradoura, enfastia-se, rejeita-o. Só que por essa altura X... já descobrira tudo e, sem nunca admitir a verdadeira razão, alista-se no corpo de Voluntários da Pátria e vai morrer na Guerra do Paraguai. A ironia se concentra toda numa dedicatória que faz X... ao narrador, no fim do conto, ao lhe ofertar uma fotografia sua com a farda de capitão: "Ao seu *leal* amigo Simão de Castro, oferece o capitão de voluntários da pátria X..." (grifo meu).

"Suje-se gordo!" tematiza não a amoralidade, que pode ser inocente, mas a imoralidade, que é sempre viciosa. A trama gira em torno de um sujeito que defende e põe em prática a idéia de que pequenos crimes merecem ser punidos porque lhes faltam audácia e grandeza. Sua filosofia se resume na frase-título: se se trata de cometer um delito (no caso em questão, um desfalque), que se faça isso em grande estilo. O triunfo da imoralidade, expresso no fato de que a personagem sai inocentada do julgamento a que é submetida, tem tristes ressonâncias em situações vivenciadas pelas sociedades civilizadas de todo tempo e lugar. Irônico é o olhar do autor, que constrói uma narrativa em que um amigo conta a outro, num intervalo de teatro, a história do tal sujeito que pregava essa conduta imoral. A questão tratada é das mais sérias, porém há uma distância entre tal seriedade e a ligeireza com que é tratada, como se fosse um *fait divers*. Acresce que o narrador da história preconiza um comportamento também eticamente condenável, operando para isso um desvirtuamento da palavra bíblica que preceitua que não julguemos para que não sejamos julgados. O ensinamento dos evangelhos de Mateus (7: 1-2) e Lucas (6: 37), o qual se pode resumir nos substantivos *mansidão* e *tolerância*, é distorcido e aplicado pelo narrador como uma exortação à omissão. Como quase sempre, Machado dá um jeito de terminar o conto de maneira leve, com um gracejo. Mas, como quase sempre, as implicações são sombrias. Lembrem-se as frases finais e observe o leitor se, sob a aparente leveza, não têm implicações profundamente imorais já não apenas a conduta da personagem que aconselha que "nos sujemos gordo!", mas também a fala do próprio narrador: "O melhor de tudo é não julgar ninguém para não vir a ser julgado. Suje-se gordo! Suje-se magro! Suje-se como lhe parecer! O mais seguro é não julgar ninguém... Acabou a música, vamos para as nossas cadeiras." Mais uma vez, no hiato entre um conto e o seguinte, o leitor atento pára, e a sensação que experimenta é decerto desconforto ético-moral, numa história que, se não chega a fazer o elogio da corrupção, propõe uma atitude incomodamente reminiscente não de Cristo, mas de Pilatos.

"Pílades e Orestes" e "Anedota do cabriolé", os dois últimos contos da coleção, não se destacam pela ironia, e, se algum interesse têm para o leitor contemporâneo – para além, é claro, de serem contos de Machado de Assis, o que é sempre uma garantia de qualidade –, este advirá de tocarem ambas as histórias em tabus sociais, a saber, a homossexualidade e o incesto. No primeiro, os dois amigos, Quintanilha e Gonçalves, são inseparáveis, e sua união era tal, "que uma senhora chamava-lhes os 'casadinhos de fresco', e um letrado, Pílades e Orestes". Embora não haja no mito, tampouco na tragédia grega de Electra, nenhuma implicação de homossexualismo entre as duas personagens e, embora no conto Quintanilha (Pílades) se sacrifique pelo amigo, a quem cede a noiva (que era sua prima) e a fortuna (quando no mito é Pílades quem se casa com a irmã de Orestes), a história permite que se infira que há, pelo menos de Quintanilha em relação a Gonçalves, uma inclinação que vai além da amizade. E, como jamais as coisas são simples ou unívocas nas narrativas machadianas, o conto deixa também no leitor a suspeita de que Gonçalves (Orestes) manipula o amigo o tempo todo, e como que alimenta a sua dedicação desmesurada, sabendo dela tirar todo proveito. Se há ironia no conto – e sempre há –, reside ela, também, na morte absurda de Quintanilha, durante a Revolta da Armada, de bala perdida. Comente-se, de passagem, a hipálage despretensiosa e expressiva com que o narrador resume o episódio no parágrafo final do conto: "Um dia em que, levando doces para os afilhados, atravessava a praça Quinze de Novembro, recebeu *uma bala revoltosa* (1893) que o matou quase instantaneamente" (grifos meus).

Já "Anedota do cabriolé" narra a história de um casal que foge para o Rio de Janeiro, para aí morrer, como se esse destino estivesse predeterminado, espécie de castigo divino por serem irmãos e, sabendo-se irmãos, continuarem a amar-se como homem e mulher. O tema do incesto já freqüentara a ficção machadiana em *Helena* (1876), embora nesse romance o incesto fosse apenas um equívoco, já que Estácio e Helena *não* eram, afinal, irmãos. De fato, "Anedota do cabriolé" é uma história sobre a curiosidade humana, ou melhor, sobre a bisbilhotice, aqui encarnada no sacristão João das Mercês. Interessante, na primeira página do conto – e, a meu juízo, o seu traço mais provocante –, é uma reflexão em que o autor (que me seja permitido aqui falar em autor, e não em narrador), sob a aparência de estar servindo à caracterização de sua personagem, acaba, de fato, por revelar uma idéia recorrente em toda a sua obra de ficção: a convicção de que tudo pode ser, ao mesmo tempo, o contrário do que é ou parece ser:

> Alguém que leia isto com a alma turva de dúvidas, é natural que pergunte se o preto sentia deveras, ou se queria picar a curiosidade do coadjutor e do sacristão. *Eu estou que tudo se pode combinar neste mundo*, como no outro. *Creio que ele sentia deveras; não descreio que ansiasse por dizer alguma história terrível* (grifos meus).

Essa ambivalência, essa noção de que tudo o que é pode ser que também não seja, perpassa toda a ficção de Machado de Assis, encontrando sua melhor expressão, a meu ver, no último romance, *Memorial de Aires*, a mais requintada – eu diria quase rarefeita – das narrativas machadianas.

O conto "Umas férias", publicado pela primeira vez em *Relíquias de casa velha*, promove uma incursão no universo infantil, como ocorrera em "Conto de escola", de *Várias histórias* (1896). O curioso é que, tanto num como noutro, as personagens são crianças, mas os temas abordados são de adulto. "Conto de escola" fala de corrupção e de delação, "Umas férias" fala da morte. A originalidade está no estranhamento –

para resgatar um termo caro aos formalistas russos –, isto é, no fato de essas questões serem tratadas a partir de um narrador menino. É como se, da incompatibilidade entre o assunto narrado e quem o narra, surgisse a possibilidade de melhor abordá-lo, a partir de uma certa inocência, que faz, por exemplo, com que o menino narrador de "Umas férias" experimente "uma grande alegria sem férias", quando afinal lhe permitem voltar à escola, depois da morte do pai.

Em "Marcha fúnebre", o protagonista, Cordovil, pondo-se a conjeturar sobre a própria morte, diz desejá-la inesperada e rápida, como a de César, ou como a do homem que morre de repente na rua (pela qual ele, Cordovil, passa, a caminho de casa), ou durante o sono, pacífica e inadvertida. A graça do conto advém da irônica delicadeza com que o narrador expõe a distância entre o suposto desejo e o desejo verdadeiro de Cordovil: "Naturalmente a idéia da morte foi recuando e desapareceu de todo, enquanto o nosso homem, que suspirou por ela no Cassino, que a desejou para o dia seguinte na Câmara dos Deputados, que a encarou no carro, voltou-lhe as costas quando a viu entrar com o sono." E conclui: "Morte súbita, não acabava de entender o que era."

Sob o título "Evolução", o narrador conta a história de como evolui, na mente de um conhecido seu, um processo paulatino de apropriação de uma idéia que era, na verdade, dele, narrador. Ora, publicar na *Gazeta de Notícias*, em 1884 (e depois republicar em livro em 1906), um conto que trata desse tema com o título de "Evolução" é, no mínimo, uma provocação. Repare-se que o conto veio à luz três anos depois de *Memórias póstumas*, seis anos antes de *Quincas Borba*, romances nos quais Machado zomba de várias concepções filosóficas em voga, criando uma personagem ensandecida que cria, por sua vez, um sistema filosófico – o humanitismo – misto de evolucionismo à Darwin, de positivismo à Comte, de darwinismo social à Spencer. Na época, muito mais do que hoje, era este último identificado com o evolucionismo, até mesmo porque a sua teoria da evolução precede a de Darwin. De maneira abreviada e redutora (porque não cabe aqui um aprofundamento no complexo pensamento do filósofo autodidata britânico), pode-se dizer que Spencer concebia a evolução como um desenvolvimento progressivo do mundo físico, dos organismos biológicos, da mente e da sociedade humanas, na direção de um equilíbrio, no qual seres individuais mudam suas características e hábitos, até que estejam perfeitamente adaptados às circunstâncias e até que se façam necessárias novas mudanças. Ora, Machado era demasiadamente cético para acreditar em qualquer teoria, para aceitar qualquer explicação que desse sentido à existência humana, fosse em termos individuais, fosse em termos sociais. Seu domínio, assinalava Alcides Maia já em 1912, era o homem e seu absurdo[5].

Assim, intitula "Evolução" um conto sobre uma idéia roubada, progressivamente, por um sujeito chamado Benedito, a quem nem sequer atribui sobrenome. No fim da história, Benedito acaba de ler para o narrador um discurso no qual diz textualmente ser sua a tal idéia que era, na verdade, do narrador, cuja reação encerra o conto:

> Não pude ouvir mais nada e fiquei pensativo. Mais que pensativo, fiquei assombrado, desvairado diante do abismo que a psicologia rasgava aos meus pés. "Este homem é sincero", pensei comigo, "está persuadido do que escreveu." E fui por aí abaixo até ver se achava a explicação dos trâmites por que passou aquela recordação da diligência de Vassouras. Achei (perdoem-me se há nisto enfatuação), achei ali mais um efeito da lei da evolução, tal como a definiu Spencer. – Spencer ou Benedito, um deles.

As cinco palavras da frase final, há de convir comigo o leitor, têm um poder demolidor. E são ditas, como sempre, em tom ligeiro, jovial. Coisa de mestre. Coisa de Bruxo.

MARTA DE SENNA

---

5. MAIA, Alcides. *Machado de Assis*: algumas notas sobre o humor. 2. ed. Rio de Janeiro: Academia Brasileira de Letras, 1942, p. 60.

CRONOLOGIA

1839. Nasce, a 21 de junho, no Rio de Janeiro, na Quinta do Livramento (situada no alto do morro de mesmo nome, perto da zona portuária), filho do brasileiro (mulato) Francisco José de Assis, pintor e dourador de paredes, e da portuguesa (açoreana) Maria Leopoldina Machado da Câmara, que provavelmente prestava serviços de costura na quinta, cuja proprietária (viúva) e o genro foram os padrinhos de Joaquim Maria, batizado com os seus nomes.

1839-55. Não há muitos dados dessa época; sabe-se que perdeu a mãe em 1849, já tendo perdido uma irmã mais nova (1845); em 1854, o pai casa-se de novo. São vagas as referências à sua escolaridade.

1855. A *Marmota Fluminense*, de Paula Brito, onde é revisor, publica seu poema "Ela"; inicia-se uma colaboração que duraria até 1861.

1856. Entra para a Imprensa Nacional, como aprendiz de tipógrafo, onde fica até 1858; aí conhece e se torna amigo de Manuel Antonio de Almeida.

1858-64. Colabora no jornal *Correio Mercantil*, do qual é também revisor.

1859-60. Colabora no periódico *O Espelho*, onde publica artigos de crítica teatral.

1860-67. A convite de Quintino Bocaiúva, passa a colaborar, sob vários pseudônimos, no liberal *Diário do Rio de Janeiro*, no qual, além de crítico de teatro, será cronista parlamentar, junto ao Senado do Império; colabora também na *Semana Ilustrada*.

1863. Passa a colaborar no *Jornal das Famílias*, onde publica, a partir de junho de 1864, vários contos.

1864. É publicado o seu primeiro volume de poesias: *Crisálidas*; tem início a Guerra do Paraguai.

1866. Chega ao Rio de Janeiro, vinda de Portugal, D. Carolina Xavier de Novais, irmã do poeta Faustino Xavier de Novais, amigo de Machado de Assis.

1868. Em carta aberta, publicada no *Correio Mercantil*, José de Alencar lhe pede que sirva de guia no mundo das letras para o jovem poeta Castro Alves; a essa altura, já é um crítico consagrado.

1869. Assina, com a editora Garnier, contrato para a edição do livro de poemas *Falenas* e de *Contos fluminenses*, publicados em dezembro do mesmo ano; casa-se com D. Carolina.

1872. É publicado o seu primeiro romance: *Ressurreição*.

1873. Publica seu segundo livro de contos, *Histórias da meia-noite*, e "Notícia da Atual Literatura Brasileira: Instinto de Nacionalidade", talvez o mais importante de seus ensaios críticos; passa a trabalhar na Secretaria de Estado da Agricultura, Comércio e Obras Públicas.

1874. Publica em livro seu segundo romance: *A mão e a luva*, que saiu inicialmente, em partes, no republicano *O Globo*, de Quintino Bocaiúva.

1875. Publica seu terceiro livro de poesia: *Americanas*.

1876. Publica em livro seu terceiro romance, *Helena*, que também saíra nas colunas de *O Globo*; é promovido a chefe de seção na Secretaria de Estado da Agricultura e Obras Públicas.

1878. É publicado o seu quarto romance: *Iaiá Garcia*.

1881. Depois de sair em capítulos na *Revista Brasileira*, sai em livro o seu quinto romance, *Memórias póstumas de Brás Cubas*, que revoluciona a literatura brasileira; neste mesmo ano, ocupa a função de oficial de gabinete do ministro da Agricultura; passa a colaborar na *Gazeta de Notícias*, o que ocorrerá até 1897.

1882. Publica seu terceiro livro de contos, *Papéis avulsos*, onde se encontra uma de suas obras-primas, "O alienista".

1884. Passa a morar na rua Cosme Velho, 18, onde residirá até a morte; reúne e publica em livro os contos de *Histórias sem data*, antes já estampados em três diferentes periódicos; assiste, com aparente impassibilidade, ao aquecimento das campanhas abolicionista e republicana.

1888. Por decreto imperial, é nomeado oficial da Ordem da Rosa; não se manifesta publicamente sobre a Abolição da Escravatura, sobre a qual virá a falar discreta e superficialmente em *Esaú e Jacó*, seu oitavo romance.

1889. Passa a ocupar uma diretoria na Secretaria de Estado da Agricultura, Comércio e Obras Públicas; reage também discretamente à Proclamação da República.

1891. Sai em livro o romance *Quincas Borba*, do qual uma primeira versão fora publicada, em partes, na revista *A Estação*; o Marechal Deodoro da Fonseca renuncia e o vice-presidente, Marechal Floriano Peixoto, assume o cargo de presidente da República.

1892. Floriano Peixoto decreta estado de sítio por três dias (de que Machado falará em *Esaú* *e Jacó*), em reação ao Manifesto dos Generais, que exigiam eleições presidenciais.

1893. Eclode a Revolta da Armada e tem início a Revolução Federalista, cujo objetivo era a deposição do então presidente Floriano Peixoto.

1896. Publicação de *Várias histórias*, seu quinto livro de contos; eclode a Guerra de Canudos.

1897. Torna-se o primeiro presidente da recém-fundada Academia Brasileira de Letras.

1898. O Conselheiro Lafaiete Rodrigues Pereira publica, sob o pseudônimo de Labieno, no *Jornal do Commercio*, uma série de artigos em que defende Machado de Assis das críticas de Sílvio Romero, uma das poucas vozes que, em vida do autor, se manifestou negativamente quanto às suas obras.

1899. Publica *Páginas recolhidas*, no qual reúne contos e textos de natureza diversa, como a comédia *Tu só, tu, puro amor*, uma análise da correspondência de Renan com sua irmã Henriqueta, uma evocação do velho Senado do Império, à epoca em que o autor fazia para o *Diário do Rio de Janeiro* a cobertura das sessões parlamentares, um discurso pronunciado quando do lançamento da pedra fundamental da estátua de José de Alencar; enfim "alguns retalhos de cinco anos de crônica na *Gazeta de Notícias*"; entre os contos, está outra de suas obras-primas, "Missa do galo"; no último dia do ano, sai do prelo, em Paris, *Dom Casmurro*, que circulará no Brasil em 1900.

1901. É publicado um volume de suas *Poesias completas*, que compreende os três livros de versos anteriores (*Crisálidas*, *Falenas*, *Americanas*) mais a coletânea *Ocidentais*, inédita em volume.

1904. Publica *Esaú e Jacó*, que seria seu penúltimo romance; a 20 de outubro, falece D. Carolina, o que o deixa emocionalmente devastado, conforme relata em carta a Joaquim Nabuco.

1906. É publicada a miscelânea *Relíquias de casa velha*, da qual constam, além dos contos propriamente ditos, seu mais famoso soneto, "A Carolina", dedicado à mulher, já falecida; e "Páginas críticas e comemorativas" ("Gonçalves Dias", "Um livro", "Eduardo Prado", "Antônio José"); e ainda duas peças de teatro, *Não consultes médico* e *Lição de Botânica*.

1908. Publica-se seu nono e último romance, *Memorial de Aires*; falece, a 29 de setembro, aos 69 anos de idade.

NOTA SOBRE A PRESENTE EDIÇÃO

Estabelecer o texto de narrativas publicadas em livro por Machado de Assis em 1899 (*Páginas recolhidas*) e em 1906 (*Relíquias de casa velha*) e oferecer ao público do século XXI uma edição fidedigna dos escritos machadianos é sempre um desafio, que procurei vencer valendo-me, sobretudo, de bom senso. Cotejando edições anteriores, desde a primeira de cada uma das obras até as edições críticas da Comissão Machado de Assis e, ainda, as preparadas por Adriano da Gama Kury de acordo com as primeiras e por ele anotadas (publicadas pela Garnier/Itatiaia em 1990), cheguei ao texto final que se apresenta aqui ao leitor. Em "Um erradio" (originalmente de *Páginas recolhidas*) e em "Marcha fúnebre" (de *Relíquias de casa velha*) assinalei em nota de rodapé alternativas ao que está nas primeiras edições e nas subseqüentes, porque considero ter havido erros tipográficos que se vêm repetindo há mais de um século. Não intervim diretamente no texto em nenhum momento, a não ser no conto "Um capitão de voluntários", em que desde a primeira edição se lê: "Maria era um modelo de graças finas, toda vida, todo movimento", que mudei para "Maria era um modelo de graças finas, toda vida, toda movimento".

Quanto à pontuação, uma vez que não havia na época regras rígidas a seguir, e os autores pontuavam quase exclusivamente a seu bel-prazer, o que se buscou aqui foi um equilíbrio entre o respeito à pontuação machadiana, sempre que nela se identificou um gesto estilístico, e a adoção de uma pontuação segundo as normas gramaticais atualmente vigentes. O emprego de iniciais maiúsculas é também arbitrário e aqui se adotaram as normas hoje em vigor, como adjetivos pátrios grafados com inicial minúscula e nomes de instituições públicas, com iniciais maiúsculas. Nos intitulativos, como "sr.", "sra.", "barão", "padre" etc., respeitou-se o uso do autor (ou, quem sabe, do editor), e mantiveram-se maiúsculas para as abreviações e minúsculas para os títulos não abreviados. A ortografia foi atualizada, inclusive nos nomes próprios (Inácio, Cândido, Emílio).

PÁGINAS
RECOLHIDAS

O CASO DA VARA

Damião fugiu do seminário às onze horas da manhã de uma sexta-feira de agosto. Não sei bem o ano, foi antes de 1850. Passados alguns minutos parou vexado; não contava com o efeito que produzia nos olhos da outra gente aquele seminarista que ia espantado, medroso, fugitivo. Desconhecia as ruas, andava e desandava, finalmente parou. Para onde iria? Para casa, não, lá estava o pai que o devolveria ao seminário, depois de um bom castigo. Não assentara no ponto de refúgio, porque a saída estava determinada para mais tarde; uma circunstância fortuita a apressou. Para onde iria? Lembrou-se do padrinho, João Carneiro, mas o padrinho era um moleirão sem vontade, que por si só não faria cousa útil. Foi ele que o levou ao seminário e o apresentou ao reitor:

— Trago-lhe o grande homem que há de ser, disse ele ao reitor.

— Venha, acudiu este, venha o grande homem, contanto que seja também humilde e bom. A verdadeira grandeza é chã. Moço...

Tal foi a entrada. Pouco tempo depois fugiu o rapaz ao seminário. Aqui o vemos agora na rua, espantado, incerto, sem atinar com refúgio nem conselho; percorreu de memória as casas de parentes e amigos, sem se fixar em nenhuma. De repente, exclamou:

— Vou pegar-me com sinhá Rita! Ela manda chamar meu padrinho, diz-lhe que quer que eu saia do seminário... Talvez assim...

Sinhá Rita era uma viúva, querida de João Carneiro; Damião tinha umas idéias vagas dessa situação e tratou de a aproveitar. Onde morava? Estava tão atordoado, que só daí a alguns minutos é que lhe acudiu a casa; era no largo do Capim.

— Santo nome de Jesus! Que é isto? bradou sinhá Rita, sentando-se na marquesa, onde estava reclinada.

Damião acabava de entrar espavorido; no momento de chegar à casa, vira passar um padre, e deu um empurrão à porta, que por fortuna não estava fechada a chave nem ferrolho. Depois de entrar, espiou pela rótula, a ver o padre. Este não deu por ele e ia andando.

— Mas que é isto, Sr. Damião? bradou novamente a dona da casa, que só agora o conhecera. Que vem fazer aqui?

Damião, trêmulo, mal podendo falar, disse que não tivesse medo, não era nada; ia explicar tudo.

– Descanse, e explique-se.

– Já lhe digo; não pratiquei nenhum crime, isso juro; mas espere.

Sinhá Rita olhava para ele espantada, e todas as crias, de casa, e de fora, que estavam sentadas em volta da sala, diante das suas almofadas de renda, todas fizeram parar os bilros e as mãos. Sinhá Rita vivia principalmente de ensinar a fazer renda, crivo e bordado. Enquanto o rapaz tomava fôlego, ordenou às pequenas que trabalhassem, e esperou. Afinal, Damião contou tudo, o desgosto que lhe dava o seminário; estava certo de que não podia ser bom padre; falou com paixão, pediu-lhe que o salvasse.

– Como assim? Não posso nada.

– Pode, querendo.

– Não, replicou ela abanando a cabeça, não me meto em negócios de sua família, que mal conheço; e então seu pai, que dizem que é zangado!

Damião viu-se perdido. Ajoelhou-se-lhe aos pés, beijou-lhe as mãos, desesperado.

– Pode muito, sinhá Rita; peço-lhe pelo amor de Deus, pelo que a senhora tiver de mais sagrado, por alma de seu marido, salve-me da morte, porque eu mato-me, se voltar para aquela casa.

Sinhá Rita, lisonjeada com as súplicas do moço, tentou chamá-lo a outros sentimentos. A vida de padre era santa e bonita, disse-lhe ela; o tempo lhe mostraria que era melhor vencer as repugnâncias e um dia... Não, nada, nunca, redargüia Damião, abanando a cabeça e beijando-lhe as mãos, e repetia que era a sua morte. Sinhá Rita hesitou ainda muito tempo; afinal perguntou-lhe por que não ia ter com o padrinho.

– Meu padrinho? Esse é ainda pior que papai; não me atende, duvido que atenda a ninguém...

– Não atende? interrompeu sinhá Rita ferida em seus brios. Ora, eu lhe mostro se atende ou não...

Chamou um moleque e bradou-lhe que fosse à casa do Sr. João Carneiro chamá-lo, já e já; e se não estivesse em casa, perguntasse onde podia ser encontrado, e corresse a dizer-lhe que precisava muito de lhe falar imediatamente.

– Anda, moleque.

Damião suspirou alto e triste. Ela, para mascarar a autoridade com que dera aquelas ordens, explicou ao moço que o Sr. João Carneiro fora amigo do marido e arranjara-lhe algumas crias para ensinar. Depois, como ele continuasse triste, encostado a um portal, puxou-lhe o nariz, rindo:

– Ande lá, seu padreco, descanse que tudo se há de arranjar.

Sinhá Rita tinha quarenta anos na certidão de batismo, e vinte e sete nos olhos. Era apessoada, viva, patusca, amiga de rir; mas, quando convinha, brava como diabo. Quis alegrar o rapaz, e, apesar da situação, não lhe custou muito. Dentro de pouco, ambos eles riam, ela contava-lhe anedotas, e pedia-lhe outras, que ele referia com singular graça. Uma destas, estúrdia, obrigada a trejeitos, fez rir a uma das crias de sinhá Rita, que esquecera o trabalho, para mirar e escutar o moço. Sinhá Rita pegou de uma vara que estava ao pé da marquesa, e ameaçou-a:

– Lucrécia, olha a vara!

A pequena abaixou a cabeça, aparando o golpe, mas o golpe não veio. Era uma advertência; se à noitinha a tarefa não estivesse pronta, Lucrécia receberia o castigo do costume. Damião olhou para a pequena; era uma negrinha, magricela, um frangalho de nada, com uma cicatriz na testa e uma queimadura na mão esquerda. Contava onze anos. Damião reparou que tossia, mas para dentro, surdamente, a fim de não interromper a conversação. Teve pena da negrinha, e resolveu apadrinhá-la, se não acabasse a tarefa. Sinhá Rita não lhe negaria o perdão... Demais, ela rira por achar-lhe graça; a culpa era sua, se há culpa em ter chiste.

Nisto, chegou João Carneiro. Empalideceu quando viu ali o afilhado, e olhou para sinhá Rita, que não gastou tempo com preâmbulos. Disse-lhe que era preciso tirar o moço do seminário, que ele não tinha vocação para a vida eclesiástica, e antes um padre de menos que um padre ruim. Cá fora também se podia amar e servir a Nosso Senhor. João Carneiro, assombrado, não achou que replicar durante os primeiros minutos; afinal, abriu a boca e repreendeu o afilhado por ter vindo incomodar "pessoas estranhas", e em seguida afirmou que o castigaria.

– Qual castigar, qual nada! interrompeu sinhá Rita. Castigar por quê? Vá, vá falar a seu compadre.

– Não afianço nada, não creio que seja possível...

– Há de ser possível, afianço eu. Se o senhor quiser, continuou ela com certo tom insinuativo, tudo se há de arranjar. Peça-lhe muito, que ele cede. Ande, Sr. João Carneiro, seu afilhado não volta para o seminário; digo-lhe que não volta...

– Mas, minha senhora...

– Vá, vá.

João Carneiro não se animava a sair, nem podia ficar. Estava entre um puxar de forças opostas. Não lhe importava, em suma, que o rapaz acabasse clérigo, advogado ou médico, ou outra qualquer cousa, vadio que fosse, mas o pior é que lhe cometiam uma luta ingente com os sentimentos mais íntimos do compadre, sem certeza do resultado; e, se este fosse negativo, outra luta com sinhá Rita, cuja última palavra era ameaçadora: "digo-lhe que ele não volta". Tinha de haver por força um escândalo. João Carneiro estava com a pupila desvairada, a pálpebra trêmula, o peito ofegante. Os olhares que deitava a sinhá Rita eram de súplica, mesclados de um tênue raio de censura. Por que lhe não pedia outra cousa? Por que lhe não ordenava que fosse a pé, debaixo de chuva, à Tijuca, ou Jacarepaguá? Mas logo persuadir ao compadre que mudasse a carreira do filho... Conhecia o velho; era capaz de lhe quebrar uma jarra na cara. Ah! se o rapaz caísse ali, de repente, apoplético, morto! Era uma solução – cruel, é certo, mas definitiva.

– Então? insistiu sinhá Rita.

Ele fez-lhe um gesto de mão que esperasse. Coçava a barba, procurando um recurso. Deus do céu! um decreto do papa dissolvendo a Igreja, ou, pelo menos, extinguindo os seminários, faria acabar tudo em bem. João Carneiro voltaria para casa e ia jogar os *três-setes*. Imaginai que o barbeiro de Napoleão era encarregado de comandar a batalha de Austerlitz... Mas a Igreja continuava, os seminários continuavam, o afilhado continuava, cosido à parede, olhos baixos, esperando, sem solução apoplética.

– Vá, vá, disse sinhá Rita dando-lhe o chapéu e a bengala.

Não teve remédio. O barbeiro meteu a navalha no estojo, travou da espada e saiu à campanha. Damião respirou; exteriormente deixou-se estar na mesma, olhos fincados no chão, acabrunhado. Sinha Rita puxou-lhe desta vez o queixo.

– Ande jantar, deixe-se de melancolias.

– A senhora crê que ele alcance alguma cousa?

— Há de alcançar tudo, redarguiu sinhá Rita cheia de si. Ande, que a sopa está esfriando.

Apesar do gênio galhofeiro de sinhá Rita, e do seu próprio espírito leve, Damião esteve menos alegre ao jantar que na primeira parte do dia. Não fiava do caráter mole do padrinho. Contudo, jantou bem; e, para o fim, voltou às pilhérias da manhã. À sobremesa, ouviu um rumor de gente na sala, e perguntou se o vinham prender.

— Hão de ser as moças.

Levantaram-se e passaram à sala. As moças eram cinco vizinhas que iam todas as tardes tomar café com sinhá Rita, e ali ficavam até o cair da noite.

As discípulas, findo o jantar delas, tornaram às almofadas do trabalho. Sinhá Rita presidia a todo esse mulherio de casa e de fora. O sussurro dos bilros e o palavrear das moças eram ecos tão mundanos, tão alheios à teologia e ao latim, que o rapaz deixou-se ir por eles e esqueceu o resto. Durante os primeiros minutos, ainda houve da parte das vizinhas certo acanhamento; mas passou depressa. Uma delas cantou uma modinha, ao som da guitarra, tangida por sinhá Rita, e a tarde foi passando depressa. Antes do fim, sinhá Rita pediu a Damião que contasse certa anedota que lhe agradara muito. Era a tal que fizera rir Lucrécia.

— Ande, Sr. Damião, não se faça de rogado, que as moças querem ir embora. Vocês vão gostar muito.

Damião não teve remédio senão obedecer. Malgrado o anúncio e a expectação, que serviam a diminuir o chiste e o efeito, a anedota acabou entre risadas das moças. Damião, contente de si, não esqueceu Lucrécia e olhou para ela, a ver se rira também. Viu-a com a cabeça metida na almofada para acabar a tarefa. Não ria; ou teria rido para dentro, como tossia.

Saíram as vizinhas, e a tarde caiu de todo. A alma de Damião foi-se fazendo tenebrosa, antes da noite. Que estaria acontecendo? De instante a instante, ia espiar pela rótula, e voltava cada vez mais desanimado. Nem sombra do padrinho. Com certeza, o pai fê-lo calar, mandou chamar dous negros, foi à polícia pedir um pedestre, e aí vinha pegá-lo à força e levá-lo ao seminário. Damião perguntou a sinhá Rita se a casa não teria saída pelos fundos; correu ao quintal e calculou que podia saltar o muro. Quis ainda saber se haveria modo de fugir para a rua da Vala, ou se era melhor falar a algum vizinho que fizesse o favor de o receber. O pior era a batina; se sinhá Rita lhe pudesse arranjar um rodaque, uma sobrecasaca velha... Sinhá Rita dispunha justamente de um rodaque, lembrança ou esquecimento de João Carneiro.

— Tenho um rodaque do meu defunto, disse ela, rindo; mas para que está com esses sustos? Tudo se há de arranjar, descanse.

Afinal, à boca da noite, apareceu um escravo do padrinho, com uma carta para sinhá Rita.

O negócio ainda não estava composto; o pai ficou furioso e quis quebrar tudo; bradou que não, senhor, que o peralta havia de ir para o seminário, ou então metia-o no Aljube ou na presiganga. João Carneiro lutou muito para conseguir que o compadre não resolvesse logo, que dormisse a noite, e meditasse bem se era conveniente dar à religião um sujeito tão rebelde e vicioso. Explicava na carta que falou assim para melhor ganhar a causa. Não a tinha por ganha; mas no dia seguinte lá iria ver o homem, e teimar de novo. Concluía dizendo que o moço fosse para a casa dele.

Damião acabou de ler a carta e olhou para sinhá Rita. Não tenho outra tábua de salvação, pensou ele. Sinhá Rita mandou vir um tinteiro de chifre, e na meia folha da própria carta escreveu esta resposta: "Joãozinho, ou você salva o moço, ou nunca mais nos vemos." Fechou a carta com obreia, e deu-a ao escravo, para que a levasse depressa. Voltou a reanimar o seminarista, que estava outra vez no capuz da humildade e da consternação. Disse-lhe que sossegasse, que aquele negócio era agora dela.

– Hão de ver para quanto presto! Não, que eu não sou de brincadeiras!

Era a hora de recolher os trabalhos. Sinhá Rita examinou-os; todas as discípulas tinham concluído a tarefa. Só Lucrécia estava ainda à almofada, meneando os bilros, já sem ver; sinhá Rita chegou-se a ela, viu que a tarefa não estava acabada, ficou furiosa, e agarrou-a por uma orelha.

– Ah! malandra!

– Nhanhã, nhanhã! pelo amor de Deus! por Nossa Senhora que está no céu.

– Malandra! Nossa Senhora não protege vadias!

Lucrécia fez um esforço, soltou-se das mãos da senhora, e fugiu para dentro; a senhora foi atrás e agarrou-a.

– Anda cá!

– Minha senhora, me perdoe! tossia a negrinha.

– Não perdôo, não. Onde está a vara?

E tornaram ambas à sala, uma presa pela orelha, debatendo-se, chorando e pedindo; a outra dizendo que não, que a havia de castigar.

– Onde está a vara?

A vara estava à cabeceira da marquesa, do outro lado da sala. Sinhá Rita, não querendo soltar a pequena, bradou ao seminarista.

– Sr. Damião, dê-me aquela vara, faz favor?

Damião ficou frio... Cruel instante! Uma nuvem passou-lhe pelos olhos. Sim, tinha jurado apadrinhar a pequena, que por causa dele, atrasara o trabalho...

– Dê-me a vara, Sr. Damião!

Damião chegou a caminhar na direção da marquesa. A negrinha pediu-lhe então por tudo o que houvesse mais sagrado, pela mãe, pelo pai, por Nosso Senhor...

– Me acuda, meu sinhô moço!

Sinhá Rita, com a cara em fogo e os olhos esbugalhados, instava pela vara, sem largar a negrinha, agora presa de um acesso de tosse. Damião sentiu-se compungido; mas ele precisava tanto sair do seminário! Chegou à marquesa, pegou na vara e entregou-a a sinhá Rita.

O DICIONÁRIO

Era uma vez um tanoeiro, demagogo, chamado Bernardino, o qual em cosmografia professava a opinião de que este mundo é um imenso tonel de marmelada, e em política pedia o trono para a multidão. Com o fim de a pôr ali, pegou de um pau, concitou os ânimos e deitou abaixo o rei; mas, entrando no paço, vencedor e aclamado, viu que o trono só dava para uma pessoa, e cortou a dificuldade sentando-se em cima.

– Em mim, bradou ele, podeis ver a multidão coroada. Eu sou vós, vós sois eu.

O primeiro ato do novo rei foi abolir a tanoaria, indenizando os tanoeiros, prestes a derrubá-lo, com o título de Magníficos. O segundo foi declarar que, para maior lustre da pessoa e do cargo, passava a chamar-se, em vez de Bernardino, Bernardão. Particularmente encomendou uma genealogia a um grande doutor dessas matérias, que em pouco mais de uma hora o entroncou a um tal ou qual general, romano do século IV, Bernardus Tanoarius – nome que deu lugar a controvérsia, que ainda dura, querendo uns que o rei Bernardão tivesse sido tanoeiro, e outros que isto não passe de uma confusão deplorável com o nome do fundador da família. Já vimos que esta segunda opinião é a única verdadeira.

Como era calvo desde verdes anos, decretou Bernardão que todos os seus súditos fossem igualmente calvos, ou por natureza ou por navalha, e fundou esse ato em uma razão de ordem política, a saber, que a unidade moral do Estado pedia a conformidade exterior das cabeças. Outro ato em que revelou igual sabedoria foi o que ordenou que todos os sapatos do pé esquerdo tivessem um pequeno talho no lugar correspondente ao dedo mínimo, dando assim aos seus súditos o ensejo de se parecerem com ele, que padecia de um calo. O uso dos óculos em todo o reino não se explica de outro modo, senão por uma oftalmia que afligiu a Bernardão, logo no segundo ano do reinado. A doença levou-lhe um olho, e foi aqui que se revelou a vocação poética de Bernardão, porque, tendo-lhe dito um dos seus dous ministros, chamado Alfa, que a perda de um olho o fazia igual a Aníbal – comparação que o lisonjeou muito –, o segundo ministro, Ômega, deu um passo adiante, e achou-o superior a Homero, que perdera ambos os olhos. Esta cortesia foi uma revelação; e como isto prende com o casamento, vamos ao casamento.

Tratava-se, em verdade, de assegurar a dinastia dos Tanoarius. Não faltavam noivas ao novo rei, mas nenhuma lhe agradou tanto como a moça Estrelada, bela, rica e ilustre. Esta senhora, que cultivava a música e a poesia, era requestada por alguns cavalheiros, e mostrava-se fiel à dinastia decaída. Bernardão ofereceu-lhe as cousas mais suntuosas e raras, e, por outro lado, a família bradava-lhe que uma coroa na cabeça valia mais que uma saudade no coração; que não fizesse a desgraça dos seus, quando o ilustre Bernardão lhes acenava com o principado; que os tronos não andavam a rodo, e mais isto, e mais aquilo. Estrelada, porém, resistia à sedução.

Não resistiu muito tempo, mas também não cedeu tudo. Como entre os seus candidatos preferia secretamente um poeta, declarou que estava pronta a casar, mas seria com quem lhe fizesse o melhor madrigal, em concurso. Bernardão aceitou a cláusula, louco de amor e confiado em si: tinha mais um olho que Homero, e fizera a unidade dos pés e das cabeças.

Concorreram ao certâmen, que foi anônimo e secreto, vinte pessoas. Um dos madrigais foi julgado superior aos outros todos; era justamente o do poeta amado. Bernardão anulou por um decreto o concurso, e mandou abrir outro; mas então, por uma inspiração de insigne maquiavelismo, ordenou que não se empregassem palavras que tivessem menos de trezentos anos de idade. Nenhum dos concorrentes estudara os clássicos: era o meio provável de os vencer.

Não venceu ainda assim, porque o poeta amado leu à pressa o que pôde, e o seu madrigal foi outra vez o melhor. Bernardão anulou esse segundo concurso; e, vendo que no madrigal vencedor as locuções antigas davam singular graça aos versos, decretou que só se empregassem as modernas e particularmente as da moda. Terceiro concurso, e terceira vitória do poeta amado.

Bernardão, furioso, abriu-se com os dous ministros, pedindo-lhes um remédio pronto e enérgico, porque, se não ganhasse a mão de Estrelada, mandaria cortar trezentas mil cabeças. Os dous, tendo consultado algum tempo, voltaram com este alvitre:

– Nós, Alfa e Ômega, estamos designados pelos nossos nomes para as cousas que respeitam à linguagem. A nossa idéia é que Vossa Sublimidade mande recolher todos os dicionários e nos encarregue de compor um vocabulário novo que lhe dará a vitória.

Bernardão assim fez, e os dous meteram-se em casa durante três meses, findos os quais depositaram nas augustas mãos a obra acabada, um livro a que chamaram Dicionário de Babel, porque era realmente a confusão das letras. Nenhuma locução se parecia com a do idioma falado, as consoantes trepavam nas consoantes, as vogais diluíam-se nas vogais, palavras de duas sílabas tinham agora sete e oito, e vice-versa, tudo trocado, misturado, nenhuma energia, nenhuma graça, uma língua de cacos e trapos.

– Obrigue Vossa Sublimidade esta língua por um decreto, e está tudo feito.

Bernardão concedeu um abraço e uma pensão a ambos, decretou o vocabulário, e declarou que ia fazer-se o concurso definitivo para obter a mão da bela Estrelada. A confusão passou do dicionário aos espíritos; toda a gente andava atônita. Os farsolas cumprimentavam-se na rua pela novas locuções: diziam, por exemplo, em vez de: *Bom dia, como passou? – Pflerrgpxx, rouph, aa?* A própria dama, temendo que o poeta amado perdesse afinal a campanha, propôs-lhe que fugissem; ele, porém, respondeu que ia ver primeiro se podia fazer alguma cousa. Deram noventa dias para o novo concurso e recolheram-se vinte madrigais. O melhor deles, apesar da língua bárbara, foi o do poeta amado. Bernardão, alucinado, mandou cortar as mãos aos dous ministros, e foi a única vingança. Estrelada era tão admiravelmente bela, que ele não se atreveu a magoá-la, e cedeu.

Desgostoso, encerrou-se oito dias na biblioteca, lendo, passeando ou meditando. Parece que a última cousa que leu foi uma sátira do poeta Garção, e especialmente estes versos, que pareciam feitos de encomenda:

O raro Apeles,
Rubens e Rafael, inimitáveis
Não se fizeram pela cor das tintas;
A mistura elegante os fez eternos.

UM ERRADIO

A porta abriu-se... Deixa-me contar a história à laia de novela, disse Tosta à mulher, um mês depois de casados, quando ela lhe perguntou quem era o homem representado numa velha fotografia, achada na secretária do marido. A porta abriu-se, e apareceu este homem, alto e sério, moreno, metido numa infinita sobrecasaca cor de rapé, que os rapazes chamavam opa.

– Aí vem a opa do Elisiário.

– Entre a opa só.

– Não, a opa não pode; entre só o Elisiário, mas, primeiro há de glosar um mote. Quem dá o mote?

Ninguém dava o mote. A casa era uma simples sala, sublocada por um alfaiate, que morava nos fundos com a família; rua do Lavradio, 1866. Era a segunda vez que ia ali, a convite de um dos rapazes. Não podes ter ideia da sala e da vida. Imagina um município do país da Boêmia, tudo desordenado e confuso; além dos poucos móveis pobres, que eram do alfaiate, havia duas redes, uma canastra, um cabide, um baú de folha-de-flandres, livros, chapéus, sapatos. Moravam cinco rapazes, mas apareciam outros, e todos eram tudo, estudantes, tradutores, revisores, namoradores, e ainda lhes sobrava tempo para redigir uma folha política e literária, publicada aos sábados. Que longas palestras que tínhamos! Solapávamos as bases da sociedade, descobríamos mundos novos, constelações novas, liberdades novas. Tudo era novíssimo.

– Lá vai mote, disse afinal um dos rapazes, e recitou:

Podia embrulhar o mundo
A opa do Elisiário.

Parado à porta, o homem cerrou os olhos por alguns instantes, abriu-os, passou pela testa o lenço que trazia fechado na mão, em forma de bolo, e recitou uma glosa de improviso. Rimonos muito; eu, que não tinha idéia do que era improviso, cuidei a princípio que a composição era velha e a cena um logro para mim. Elisiário despiu a sobrecasaca, levantou-a na ponta da bengala, deu duas voltas pela sala, com ar triunfal, e foi pendurá-la a um prego, porque o cabide estava cheio. Em seguida, atirou o chapéu ao teto, apanhou-o entre as mãos, e foi pô-lo em cima do aparador.

– Lugar para um! disse finalmente.

Dei-me pressa em ceder-lhe o sofá; ele deitou-se, fincou os joelhos no ar, e perguntou que novidades havia.

– Que o jantar é duvidoso, respondeu o redator principal do *Cenáculo*; o Chico foi ver se cobrava alguma assinatura. Se arranjar dinheiro, traz logo o jantar da casa de pasto. Você já jantou?

– Já e bem, respondeu Elisiário, jantei numa casa de comércio. Mas vocês por que é que não vendem o Chico? É um bonito crioulo. É livre, não há dúvida, mas por isso mesmo compreenderá que, deixando-se vender como escravo, terão vocês com que pagar-lhe os ordenados... Dous mil-réis chegam? Romeu, vê ali no bolso da sobrecasaca. Há de haver uns dous mil-réis.

Havia só mil e quinhentos, mas não foram precisos. Cinco minutos depois voltava o Chico, trazendo um tabuleiro com o jantar e o resto da assinatura de um semestre.

– Não é possível! bradou Elisiário. Uma assinatura! Vem cá, Chico. Quem foi que pagou? Que figura tinha o homem? Baixo? Não é possível que fosse baixo; a ação é tão sublime que nenhum homem baixo podia praticá-la. Confessa que era alto. Confessa ao menos que era de meia altura. Confessas? Ainda bem! Como se chama? Guimarães? Rapazes, vamos perpetuar este nome em uma placa de bronze. Acredito que não lhe deste recibo, Chico.

– Dei, sim, senhor.

– Recibo! Mas a um assinante que paga não se dá recibo, para que ele pague outra vez; não se matam esperanças, Chico.

Tudo isto, dito por ele, tinha muito mais graça que contado. Não te posso pintar os gestos, os olhos e um riso que não ria, um riso único, sem alterar a face, nem mostrar os dentes. Essa feição era a menos simpática; mas tudo o mais, a fala, as idéias, e principalmente a imaginação fecunda e moça, que se desfazia em ditos, anedotas, epigramas, versos, descrições, ora sério, quase sublime, ora familiar, quase rasteiro, mas sempre original, tudo atraía e prendia. Trazia a barba por fazer, o cabelo à escovinha; a testa, que era alta, tinha grossas rugas verticais. Calado, parecia estar pensando. Voltava-se a miúdo no sofá, erguia-se, sentava-se, tornava a deitar-se. Lá o deixei, quando saí, às nove horas da noite.

Comecei a freqüentar a casa da rua do Lavradio, mas durante os primeiros dias não apareceu o Elisiário. Disseram-me que era muito incerto. Tinha temporadas. Às vezes, ia todos os dias; repentinamente, falhava uma, duas, três semanas seguidas, e mais. Era professor de latim e explicador de matemáticas. Não era formado em cousa nenhuma, posto estudasse engenharia, medicina e direito, deixando em todas as faculdades fama de grande talento sem aplicação. Seria bom prosador, se fosse capaz de escrever vinte minutos seguidos; era poeta de improviso, não escrevia os versos, os outros é que os ouviam e trasladavam ao papel, dando-lhe cópias, muitas das quais perdia. Não tinha família; tinha um protetor, o Dr. Lousada, operador de algum nome, que devera obséquios ao pai de Elisiário, e quis pagá-los ao filho. Era atrevido por causa de uma sombrinha de amor-próprio, que não tolerava a menor picada. Naquela casa era bonachão. Trinta e cinco anos; o mais velho dos rapazes contava apenas vinte e um. A familiaridade entre ele e os outros era como a de um tio com sobrinhos, um pouco menos de autoridade, um pouco mais de liberdade.

No fim de uma semana, apareceu Elisiário na rua do Lavradio. Vinha com a idéia de escrever um drama, e queria ditá-lo. Escolheram-me a mim, por escrever depressa. Esta colaboração mental e manual durou duas noites e meia. Escreveu-se um ato e as primeiras cenas de outro; Elisiário não quis absolutamente acabar a peça. A princípio disse que depois, mais tarde, estava indisposto, e falava de outras cousas; afinal, declarou-nos que a peça não prestava para nada. Espanto geral, porque a obra parecia-nos excelente, e ainda agora creio que o era. Mas o autor pegou da palavra e demonstrou que nem o escrito prestava, nem o resto do plano valia coisa nenhuma. Falou como se tratasse de outrem. Nós contestávamos; eu principalmente achava um crime, e repetia esta palavra com alma, com fogo – achava um crime não acabar o drama, que era de primeira ordem.

– Não vale nada, dizia ele sorrindo para mim com simpatia. Menino, você quantos anos tem?

– Dezoito.

– Tudo é sublime aos dezoito anos. Cresça e apareça. O drama não presta; mas, deixe estar que havemos de escrever outro daqui a dias. Ando com uma idéia.

– Sim?

– Uma boa idéia, continuou ele com os olhos vagos; essa, sim, creio que dará um drama. Cinco atos; talvez faça em verso. O assunto presta-se...

Nunca mais falou em tal idéia; mas o drama começado fez com que nos ligássemos um pouco mais intimamente. Ou simpatia, ou amor-próprio satisfeito, por ver que o mais consternado com a interrupção e condenação do trabalho fui eu – ou qualquer outra causa que não achei nem vale a pena buscar, Elisiário entrou a distinguir-me entre os outros. Quis saber quem eram meus pais e o que fazia. Disse-lhe que não tinha mãe; meu pai era lavrador em Baturité, eu estudava preparatórios, intercalando-os com versos, e andava com idéias de compor um poema, um drama e um romance. Tinha já uma lista de subscritores para os versos. Parece que, de envolta com as notícias literárias, alguma cousa lhe disse ou ele percebeu acerca dos meus sentimentos de moço. Propôs-se a ajudar-me nos estudos com o seu próprio ensino, latim, francês, inglês, história... Cheio de orgulho, não menos que de sensibilidade, proferi algumas palavras que ele gostou de ouvir, e a que respondeu gravemente:

– Quero fazer de você um homem.

Estávamos sós; eu nada contei aos outros, para os não molestar, nem sei se eles perceberam daí em diante alguma diferença no trato do Elisiário, em relação a mim. É certo, porém, que a diferença não era grande, nem o plano de "fazer-me um homem" foi além da simpatia e da benevolência. Ensinava-me algumas matérias, quando eu lhe pedia lições, e eu raramente as pedia. Queria só ouvi-lo, ouvi-lo, ouvi-lo até não acabar. Não imaginas a eloqüência desse homem, cálida e forte, mansa e doce, as imagens que lhe brotavam no discurso, as idéias arrojadas, as formas novas e graciosas. Muita vez ficávamos os dous sós na rua do Lavradio, ele falando, eu ouvindo. Onde morava? Disseram-me vagamente que para os lados da Gamboa, mas nunca me convidou a lá ir, nem ninguém sabia positivamente onde era.

Na rua era lento, direito, circunspecto. Nada faria então suspeitar o desengonçado da casa do Lavradio, e, se falava, eram poucas e meias palavras. Nos primeiros dias, encontrava-me sem alvoroço, quase sem prazer, ouvia-me atento, respondia pouco, estendia os dedos e continuava a andar. Ia a toda parte; era comum achá-lo nos lugares mais distantes uns dos outros, Botafogo, São Cristóvão, Andaraí. Quando lhe dava na veneta, metia-se na barca e ia a Niterói. Chamava-se a si mesmo erradio.

– Eu sou um erradio. No dia em que parar de vez, jurem que estou morto.

Um dia encontrei-o na rua de São José. Disse-lhe que ia ao Castelo ver a igreja dos jesuítas, que nunca vira.

– Pois vamos, disse ele.

Subimos a ladeira, achamos a igreja aberta e entramos. Enquanto eu mirava os altares, ele ia falando, mas em poucos minutos o espetáculo era ele só, um espetáculo vivo, como se tudo renascera tal qual era. Vi os primeiros templos* da cidade, os padres da Companhia, a vida monástica e leiga, os nomes principais e os fatos culminantes. Quando saímos, e fomos até a muralha, descobrindo o mar e parte da cidade, Elisiário fez-me viver dous séculos atrás. Vi a expedição dos franceses, como se a houvesse comandado ou combatido. Respirei o ar da colônia, contemplei as figuras velhas e mortas. A imaginação

---

* Assim na primeira edição e nas subseqüentes consultadas, mas o contexto sugere: "Vi os primeiros **tempos** da cidade (…)." (N. da Org.)

evocativa era a grande prenda desse homem, que sabia dar vida às cousas extintas e realidade às inventadas.

Mas não era só do passado local que ele sabia, nem unicamente dos seus sonhos. Vês aquela estatuazinha que ali tenho na parede? Sabes que é uma redução da Vênus de Milo. Uma vez, abrindo-se a exposição das belas-artes, fui visitá-la; achei lá o meu Elisiário, passeando grave, com a sua imensa sobrecasaca. Acompanhou-me; ao passar pela sala de escultura, dei com os olhos na cópia desta Vênus. Era a primeira vez que a via. Soube que era ela pela falta dos braços.

– Oh! Admirável! exclamei.

Elisiário entrou a comentar a bela obra anônima, com tal abundância e agudeza que me deixou ainda mais pasmado. Que de cousas me disse a propósito da Vênus de Milo, e da Vênus em si mesma! Falou da posição dos braços, que gesto fariam, que atitude dariam à figura, formulando uma porção de hipóteses graciosas e naturais. Falou da estética, dos grandes artistas, da vida grega, do mármore grego, da alma grega. Era um grego, um puro grego, que ali me aparecia e transportava de uma rua estreita para diante do Pártenon. A opa do Elisiário transformou-se em clâmide, a língua devia ser a da Hélade, conquanto eu nada soubesse a tal respeito, nem então, nem agora. Mas era feiticeiro o diabo do homem.

Saímos; fomos até o campo da Aclamação, que ainda não possuía o parque de hoje, nem tinha outra polícia além da natureza, que fazia brotar o capim, e das lavadeiras, que batiam e ensaboavam a roupa defronte do quartel. Eu ia cheio do discurso do Elisiário, ao lado dele, que levava a cabeça baixa e os olhos pensativos. De repente, ouvi dizer baixinho:

– Adeus, Ioiô!

Era uma quitandeira de doces, uma crioula baiana, segundo me pareceu pelos bordados e crivos da saia e da camisa. Vinha da Cidade Nova e atravessava o campo. Elisiário respondeu à saudação:

– Adeus, Zeferina.

Estacou e olhou para mim, rindo sem riso, e, depois de alguns segundos:

– Não se espante, menino. Há muitas espécies de Vênus. O que ninguém dirá é que a esta lhe faltem braços, continuou olhando para os braços da quitandeira, mais negros ainda pelo contraste da manga curta e alva da camisa.

Eu, de vexado, não achei resposta.

Não contei esse episódio na rua do Lavradio; podiam meter à bulha o Elisiário, e não queria parecer indiscreto. Tinha-lhe não sei que veneração particular, que a familiaridade não enfraquecia. Chegamos a jantar juntos algumas vezes, e uma noite fomos ao teatro. O que mais lhe custava no teatro era estar muito tempo na mesma cadeira, apertado entre duas pessoas, com gente adiante e atrás de si. Nas noites de enchente, em que eram precisas travessas na platéia, ficava aflito com a idéia de não poder sair no meio de um ato, se quisesse. Naquela, acabado o terceiro ato (a peça tinha cinco), disse-me que não podia mais e que ia embora.

Fomos tomar chá ao botequim próximo, e deixei-me estar, esquecido do espetáculo. Ficamos até o fechar das portas. Tínhamos falado de viagens; eu contei-lhe a vida do sertão cearense, ele ouviu e projetou mil jornadas ao sertão do Brasil inteiro, por serras, campos e rios, de mula e de canoa. Colheria tudo, plantas, lendas, cantigas, locuções. Narrou a vida do caipira, falou de Enéias, citou Virgílio e Camões, com grande espanto dos criados, que paravam boquiabertos.

— Você era capaz de ir daqui a pé, até São Cristóvão, agora? perguntou-me na rua.

— Pode ser.

— Não, você está cansado.

— Não estou, vamos.

— Está cansado, adeus; até depois, concluiu.

Realmente, estava fatigado, precisava dormir. Quando ia a voltar para casa, perguntei a mim mesmo se ele iria sozinho, àquela hora, e deu-me vontade de acompanhá-lo de longe, até certo ponto. Ainda o apanhei na rua dos Ciganos. Ia devagar, com a bengala debaixo do braço, e as mãos ora atrás, ora nas algibeiras das calças. Atravessou o campo da Aclamação, enfiou pela rua de São Pedro e meteu-se pelo Aterrado acima. Eu, no Campo, quis voltar, mas a curiosidade fez-me ir andando também. Quem sabe se esse erradio não teria pouso certo de amores escondidos? Não gostei desta reflexão, e quis punir-me desandando; mas a curiosidade levara-me o sono e dava-me vigor às pernas. Fui andando atrás do Elisiário. Chegamos assim à ponte do Aterrado, enfiamos por ela, desembocamos na rua de São Cristóvão. Ele algumas vezes parava, ou para acender um charuto, ou para nada. Tudo deserto, uma ou outra patrulha, algum tílburi, raro, a passo cochilado, tudo deserto e longo. Assim chegamos ao cais da Igrejinha. Junto ao cais dormiam os botes que, durante o dia, conduziam gente para o saco do Alferes. Maré frouxa, apenas o ressonar manso da água. Após alguns minutos, quando me pareceu que ia voltar pelo mesmo caminho, acordou os remadores de um bote, que de acaso ali dormiam, e propôs-lhes levá-lo à cidade. Não sei quanto ofereceu; vi que, depois de alguma relutância, aceitaram a proposta.

Elisiário entrou no bote, que se afastou logo, os remos feriram a água, e lá se perdeu na noite e no mar o meu professor de latim e explicador de matemáticas. Também eu me achei perdido, longe da cidade e exausto. Valeu-me um tílburi, que atravessava o campo de São Cristóvão, tão cansado como eu, mas piedoso e necessitado.

— Você não quis ir comigo anteontem a São Cristóvão? Não sabe o que perdeu; a noite estava linda, o passeio foi muito agradável. Chegando ao cais da Igrejinha, meti-me num bote e vim desembarcar no saco do Alferes. Era um bom pedaço até a casa; fiquei numa hospedaria do campo de Santana. Fui atacado por um cachorro, no caminho do Saco, e por dous na rua de São Diogo, mas não senti as pulgas da hospedaria, porque dormi como um justo. E você que fez?

— Eu?

Não querendo mentir, se ele me tivesse pressentido, nem confessar que o acompanhara de longe, respondi sumariamente:

— Eu? Eu também dormi como um justo.

— *Justus, justa, justum.*

Estávamos na casa da rua do Lavradio. Elisiário trazia no peito da camisa um botão de coral, objeto de grande espanto e aclamação da parte dos rapazes, que nunca jamais o viram com jóias. Maior, porém, foi o meu espanto, depois que os rapazes saíram. Tendo ouvido que me faltava dinheiro para comprar sapatos, Elisiário sacou o botão de coral e disse que me fosse calçar com ele. Recusei energicamente, mas tive de aceitá-lo à força. Não o vendi nem empenhei; no dia seguinte pedi algum dinheiro adiantado ao correspondente de meu pai, calcei-me de novo e esperei que chegasse o paquete do Norte, para restituir o botão ao Elisiário. Se visses a cara de desconsolo com que o recebeu!

— Mas o senhor não disse outro dia que lhe tinham dado este botão de presente? repliquei à proposta que me fez de ficar com a jóia.

— Sim, disse e é verdade; mas para que me servem jóias? Acho que ficam melhor nos outros. Bem pensado, como é presente, posso guardar o botão. Deveras, não o quer para si?

— Não, senhor; um presente...

— Presente de anos, continuou mirando a pedra com o olhar vago. Fiz trinta e cinco. Estou velho, meu menino; não tardo em pedir reforma e ir morrer em algum buraco.

Tinha acabado de repor o botão na camisa.

— Fez anos, e não me disse.

— Para quê? Para visitar-me? Não recebo nesse dia; de costume janto com o meu velho amigo Dr. Lousada, que também faz o seu versinho, às vezes, e outro dia brindou-me com um soneto impresso em papel azul... Lá o tenho em casa; não é mau.

— Foi ele que lhe deu o botão...

— Não, foi a filha... O soneto tem um verso muito parecido com outro de Camões; o meu velho Lousada possui as suas letras clássicas, além de ser excelente médico... Mas o melhor dele é a alma...

Quiseram fazê-lo deputado. Ouvi que dois amigos dele, homens políticos, entenderam que o Elisiário daria um bom orador parlamentar. Não se opôs, pediu apenas aos inventores do projeto que lhe emprestassem algumas idéias políticas; riram-se, e o projeto não foi adiante.

Quero crer que lhe não faltassem idéias, talvez as tivesse de sobra, mas tão contrárias umas às outras que não chegariam a formar uma opinião. Pensava segundo a disposição do dia, liberal exaltado ou conservador corcunda. O principal motivo da recusa era a impossibilidade de obedecer a um partido, a um chefe, a um regimento de câmara. Se houvesse liberdade de alterar as horas da sessão, uma de manhã, outra de noite, outra de madrugada, ao acaso da freqüência, sem ordem do dia, com direito de discutir o anel de Saturno ou os sonetos de Petrarca, o meu erradio Elisiário aceitaria o cargo, contanto que não fosse obrigado a estar calado, nem a falar, quando lhe chegasse a vez.

Aí tens o que era esse homem fotografado em 1862. Em suma, boa criatura, muito talento, excelente conversador, alma inquieta e doce, desconfiada e irritadiça, sem futuro nem passado, sem saudades nem ambições, um erradio. Senão quando... Mas é muito falar sem fumar um charuto... Consentes? Enquanto acendo o charuto, olha para esse retrato, descontando-lhe os olhos, que não saíram bem; parecem olhos de gato e inquisidor, espetados na gente, como querendo furar a consciência. Não eram isso; olhavam mais para dentro que para fora, e quando olhavam para fora derramavam-se por toda a parte.

Senão quando, uma tarde, já escuro, por volta das sete horas, apareceu-me na casa de pensão o meu amigo Elisiário. Havia três semanas que o não via, e, como tratava de fazer exames, e passava mais tempo metido em casa, não me admirei da ausência nem cuidei dela. Demais, já me acostumara aos seus eclipses. O quarto estava escuro, eu ia sair e acabava de apagar a vela, quando a figura alta e magra do Elisiário apareceu à porta. Entrou, foi direito a uma cadeira, sentei-me ao pé dele, perguntei-lhe por onde andara. Elisiário abraçou-me chorando. Fiquei tão assombrado que não pude dizer nada; abracei-o também, ele enxugou os olhos com o lenço, que de costume trazia fechado na mão, e suspirou largo. Creio que ainda chorou silenciosamente, porque enxugava os olhos de quando em quando. Eu, cada vez mais assombrado, esperava que ele me dissesse o que tinha; afinal murmurei:

– Que é? Que foi?

– Tosta, casei-me sábado...

Cada vez mais espantado, não tive tempo de lhe pedir outra explicação, porque o Elisiário continuou logo, dizendo que era um casamento de gratidão, não de amor, uma desgraça. Não sabia que respondesse à confidência, não acabava de crer na notícia, e principalmente, não entendia o abatimento nem a dor do homem. A figura do Elisiário, qual a recompus depois, não me aparecia por esse tempo com a significação verdadeira. Cheguei a supor alguma cousa mais que o simples casamento; talvez a mulher fosse idiota ou tísica; mas quem o obrigaria a desposar uma doente?

— Uma desgraça! repetia baixinho, falando para si, uma desgraça!

Como eu me levantasse dizendo que ia acender uma vela, Elisiário reteve-me pela aba do fraque.

— Não acenda, não me vexe, o escuro é melhor, para lhe expor esta minha desgraça. Ouça-me. Uma desgraça. Casado! Não é que ela me não ame; ao contrário, morria por mim há sete anos. Tem vinte e cinco... Boa criatura! Uma desgraça!

A palavra *desgraça* era a que mais vezes lhe tornava ao discurso. Eu, para saber o resto, quase não respirava; mas não ouvi grande cousa, pois o homem, depois de algumas palavras descosidas, suspendeu a conferência. Fiquei sabendo só que a mulher era filha do Dr. Lousada, seu protetor e amigo, a mesma que lhe dera o botão de coral. Elisiário calou-se de repente, e depois de alguns instantes, como arrependido ou vexado, pediu-me que não referisse a pessoa alguma aquela cena dele comigo.

— O senhor deve conhecer-me...

— Conheço, e porque o conheço é que vim aqui. Não sei que outra pessoa me merecesse agora igual confiança. Adeus, não lhe digo mais nada, não vale a pena. Você é moço, Tosta; se não tiver vocação para o casamento, não se case nunca, nem por gratidão, nem por interesse. Há de ser um suplício. Adeus. Não lhe digo onde moro, moro com meu sogro, mas não me procure.

Abraçou-me e saiu. Fiquei à porta do quarto. Quando me lembrei de acompanhá-lo até a escada, era tarde; ia descendo os últimos degraus. O lampião de azeite alumiava mal a escada, e a figura descia vagarosa, apoiada ao corrimão, cabeça baixa e a vasta sobrecasaca alegre, agora triste.

Só dez meses depois tornei a ver o Elisiário. A primeira ausência foi minha; tinha ido ao Ceará, ver meu pai, durante as férias. Quando voltei, soube que ele fora ao Rio Grande do Sul. Um dia, almoçando, li nos jornais que chegara na véspera, e corri a buscá-lo. Achei-o em Santa Teresa, uma casinha pequena, com um jardim, pouco maior que ela. Elisiário abraçou-me com alvoroço; falamos de cousas passadas; perguntei-lhe pelos versos.

– Publiquei um volume em Porto Alegre. Não foi por minha vontade, mas minha mulher teimou tanto que afinal cedi; ela mesma os copiou. Tem alguns erros; hei de fazer aqui uma segunda edição.

Elisiário deu-me um exemplar do livro, mas não consentiu que lesse ali nada. Queria só falar dos tempos idos. Perdera o sogro, que lhe deixara alguma cousa, e ia continuar a lecionar, para ver se achava as impressões de outrora. Onde estavam os rapazes da rua do Lavradio? Recordava cenas antigas, noitadas, algazarra, grandes risotas, que me iam lembrando cousas análogas, e assim gastamos duas boas horas compridas. Quando me despedi, pegou-me para jantar.

– Você ainda não viu minha mulher, disse ele. E indo à porta que dava para dentro:
– Cintinha!
– Lá vou! respondeu uma voz doce.

D. Jacinta chegou logo depois, com os seus vinte e seis anos, mais baixa que alta, mais feia que bonita, expressão boa e séria, grande quietação de maneiras. Quando ele lhe disse o meu nome, olhou para mim espantada.

– Não é um bonito rapaz?

Ela confirmou a opinião inclinando modestamente a cabeça. Elisiário disse-lhe que eu jantava com eles; a moça retirou-se da sala.

– Boa criatura, disse-me ele; dedicada, serviçal. Parece que me adora. Já me não faltam botões nos paletós que trago… Pena! melhor que eles eram os botões que faltavam. A sobrecasaca de outrora, lembra-se?

Podia embrulhar o mundo
A opa do Elisiário.

– Lembra-me.
– Creio que me durou cinco anos. Onde vai ela! Hei de fazer-lhe um epicédio, com uma epígrafe de Horácio…

Jantamos alegremente. D. Jacinta falou pouco; deixou que eu e o marido gastássemos o tempo em relembrar o passado. Naturalmente, o marido tinha surtos de eloqüência, como outrora; a mulher era pouca para ouvi-lo. Elisiário esquecia-se de nós, ela de si, e eu achava a mesma nota antiga, tão viva e tão forte. Era costume dele concluir um discurso desses e ficar algum tempo calado. Resumia dentro de si o que acabava de dizer? Continuava a mesma ordem de idéias? Deixava-se ir ainda pela música da palavra? Não sei; achei-lhe o velho costume de ficar calado sem dar pelos outros. Nessas ocasiões a mulher calava-se também, a olhar para ele, não cheia de pensamento, mas de admiração. Sucedeu isso duas vezes. Em ambas chegou a ser bonita.

Elisiário disse-me, ao café, que viria comigo abaixo.

— Você deixa, Cintinha?

D. Jacinta sorriu para mim, como se dissesse que o pedido era desnecessário. Também ela falou no livro de versos do marido.

— Elisiário é preguiçoso; o senhor há de ajudar-me a fazer com que ele trabalhe.

Meia hora depois descíamos a ladeira. Elisiário confessou-me que, desde que casara, não tivera ocasião de relembrar a vida de solteiro, e ao chegarmos abaixo declarou-me que iríamos ao teatro.

— Mas você não avisou em casa...

— Que tem? Aviso depois. Cintinha é boa, não se zanga por isso. Que teatro há de ser?

Não foi nenhum; falamos de outras cousas, e às nove horas, tornou para casa. Voltei a Santa Teresa poucos dias depois, não o achei, mas a mulher disse-me que o esperasse, não tardaria.

— Foi a uma visita aqui mesmo no morro, disse ela; há de gostar muito de o ver.

Enquanto falava, ia fechando dissimuladamente um livro, e foi pô-lo em uma mesa, a um canto. Tratamos do marido; ela pediu-me que lhe dissesse o que pensava dele, se era um grande espírito, um grande poeta, um grande orador, um grande homem, em suma. As palavras não seriam propriamente essas, mas vinham a dar nelas. Eu, que o admirava, confirmei-lhe o sentimento, e o gosto com que me ouviu foi paga bastante ao tal ou qual esforço que empreguei para dar à minha opinião a mesma ênfase.

— Faz bem em ser amigo dele, concluiu; ele sempre me falou bem do senhor; dizia que era um menino muito sério.

O gabinete tinha flores frescas e uma gaiola com passarinho. Tudo em ordem, cada cousa em seu lugar, obra visível da mulher. Daí a pouco entrou Elisiário, com a gravata no pescoço, o laço na frente, a barba rapada, correto e em flor. Só então notei a diferença entre este Elisiário e o outro. A incoerência dos gestos era já menor, ou estava prestes a acabar inteiramente. A inquietação desaparecera. Logo que ele entrou, a mulher deixou-nos para ir mandar fazer café, e voltou pouco depois, com um trabalho de agulha.

– Não, senhora, vamos primeiro ao latim, bradou o marido.

D. Jacinta corou extraordinariamente, mas obedeceu ao marido e foi buscar o livro, que estava lendo quando eu cheguei.

– Tosta é de confiança, continuou Elisiário, não vai dizer nada a ninguém.

E voltando-se para mim:

– Não pense que sou eu que lhe imponho isto; ela mesma é que quis aprender.

Não crendo o que ele me dizia, quis poupar à moça a lição de latim, mas foi ela própria que me dispensou o auxílio, indo buscar alegremente a gramática do padre Pereira. Vencida a vergonha, deu a lição, como um simples aluno. Ouvia com atenção, articulava com prazer, e mostrava aprender com vontade. Acabado o latim, o marido quis passar à lição de história; mas foi ela, dessa vez, que recusou obedecer, para me não roubá-lo a mim. Eu, pasmado, desfiz-me em louvores; realmente achava tão fora de propósito aquela escola de latim conjugal, que não alcançava explicação, nem ousava pedi-la.

Amiudei as visitas. Jantava com eles algumas vezes. Ao domingo ia só almoçar. D. Jacinta era um primor. Não imaginas a graça que tinha em falar e andar, tudo sem perder a compostura dos modos nem a gravidade dos pensamentos. Sabia muitos trabalhos de mãos, apesar do latim e da história que o marido lhe ensinava. Vestia com simplicidade, usava os cabelos lisos e não trazia jóia alguma; podia ser afetação, mas tal era a sinceridade que punha em tudo, que parecia natural nisso como no resto.

Ao domingo, o almoço era no jardim. Já achava o Elisiário à minha espera, à porta, ansioso que eu chegasse. A mulher estava acabando de arranjar as flores e folhagens que tinham de adornar a mesa. Além disso e do mais, adornava cartões contendo a lista dos pratos, com emblemas poéticos e nomes de musas para as comidas. Nem todas as musas podiam entrar, eles não eram ricos, nem nós tão comilões; entravam as que podiam. Era ao almoço que Elisiário, nos primeiros tempos, mais geralmente improvisava alguma cousa. Improvisava décimas – ele preferia essa estrofe a qualquer outra; mais tarde, foi diminuindo o número delas, e para diante não passava de duas ou de uma. D. Jacinta pedia-lhe então sonetos; sempre eram quatorze versos. Ela e eu copiávamos logo, a lápis, com retificações que ele fazia, rindo:

– Para que querem vocês isso?

Afinal perdeu o costume, com grande mágoa da mulher, e minha também. Os versos eram bons, a inspiração fácil; faltava-lhes só o calor antigo.

Um dia perguntei a Elisiário por que não reimprimia o livro de versos, que ele dizia ter saído com incorreções; eu ajudaria a ler as provas. D. Jacinta apoiou com entusiasmo a proposta.

– Pois, sim, disse ele, um dia destes; começaremos domingo.

No domingo, D. Jacinta, estando a sós comigo, um instante, pediu-me que não esquecesse a revisão do livro.

– Não, senhora, deixe estar.

– Não enfraqueça, se ele quiser adiar o trabalho, continuou a moça; é provável que ele fale em guardar para outra vez, mas teime sempre, diga que não, que se zanga, que não volta cá...

Apertou-me a mão com tanta força, que me deixou abalado. Os dedos tremiam-lhe; parecia um aperto de namorada. Cumpri o que disse, ela ajudou-me, e ainda assim gastamos meia hora antes que ele se dispusesse ao trabalho. Afinal pediu-nos que esperássemos, ia buscar o livro.

– Desta vez, vencemos, disse eu.

D. Jacinta fez com a boca um gesto de desconfiança, e passou da alegria ao abatimento.

– Elisiário está preguiçoso. Há de ver que não acabamos nada. Pois não vê que não faz versos senão à força de muito pedido, e poucos? Podia escrever também, quando mais não fosse alguns daqueles discursos que costuma improvisar, mas os próprios discursos são raros e curtos. Tenho-me oferecido tantas vezes para escrever o que ele mandar. Chego a preparar o papel, pego na pena e espero; ele ri, disfarça, diz um gracejo, e responde que não está disposto.

– Ncm sempre estará.

– Pois sim, mas então declaro que estou pronta para quando vier a inspiração, e peço-lhe que me chame. Não chama nunca. Uma ou outra vez tem planos; eu vou animando, mas os planos ficam no mesmo. Entretanto, o livro que ele imprimiu em Porto Alegre foi bem recebido, podia animá-lo.

– Animá-lo? Mas ele não precisa de animações; basta-lhe o grande talento que tem.

– Não é verdade? disse ela chegando-se a mim, com os olhos cheios de fogo. Mas é pena! Tanto talento perdido!

– Nós o acharemos; hei de tratá-lo como se ele fosse mais moço que eu. O mau foi deixá-lo cair na ociosidade…

Elisiário tornou com um exemplar do livro. Não trazia tinta nem pena; ela foi buscá-las. Começamos o trabalho da revisão; o plano era emendar, não só os erros de imprensa, mas o próprio texto. A novidade do caso interessou grandemente o nosso poeta, durante perto de duas horas. Verdade é que a maior parte do tempo era interrompido com a história das poesias, a notícia das pessoas, se as havia, e havia muitas; uma boa porção das composições era dedicada a amigos ou homens públicos. Naturalmente fizemos pouco: não passamos de vinte páginas. Elisiário confessou que estava com sono, adiamos o trabalho, e nunca mais pegamos nele.

D. Jacinta chegou a pedir ao marido que nos deixasse a nós a tarefa de emendar o livro; ele veria depois o texto emendado e pronto. Elisiário respondeu que não, que ele mesmo faria tudo, que esperássemos, não havia pressa. Mas, como disse, nunca mais pegamos no livro. Já raro improvisava, e, como não tinha paciência para compor escrevendo, os versos iam escasseando mais. Já lhe saíam frouxos; o poeta repetia-se. Quisemos ainda assim propor-lhe outro livro, recolhendo o que havia, e antes de o propor, tratamos de compilá-lo. O todo precisava de revisão; Elisiário consentiu em fazê-la, mas a tentativa teve o mesmo resultado que a outra. Os próprios discursos iam acabando. O gosto da palavra morria. Falava como todos nós falamos; não era já nem sombra daquela catadupa de idéias, de imagens, de frases, que mostravam no orador um poeta. Para o fim, nem falava; já me recebia sem entusiasmo, ainda que cordialmente. Afinal vivia aborrecido.

Com poucos anos de casada, D. Jacinta tinha no marido um homem de ordem, de sossego, mas sem inspiração nem calor. Ela própria foi mudando também. Não instava já pela composição de versos novos, nem pela correção dos velhos. Ficou tão desinteressada como ele. Os jantares e os almoços eram como os de qualquer pessoa que não cuide de letras. D. Jacinta buscava não tocar em tal assunto que era penoso ao marido e a ela; eu imitava-os. Quando me formei, Elisiário compôs um soneto em honra minha; mas já lhe custou muito, e, a falar verdade, não era do mesmo homem de outro tempo.

D. Jacinta vivia então, não direi triste, mas desencantada. A razão não se compreenderá bem, senão sabendo as origens da afeição que a levara ao casamento.

Pelo que pude colher e observar, nunca essa moça amou verdadeiramente o homem com quem casou. Elisiário acreditou que sim, e o disse, porque o pai dela pensava que era deveras um amor como os outros. A verdade porém, é que o sentimento de D. Jacinta era pura admiração. Tinha uma paixão intelectual por esse homem, nada mais, e nos primeiros anos não pensou em casar com ele. Quando Elisiário ia à casa do Dr. Lousada, D. Jacinta vivia as melhores horas da vida, escutando-lhe os versos, novos ou velhos – os que trazia de cor e os que improvisava ali mesmo. Possuía boa cópia deles. Mas, ainda que não fossem versos, contentava-se em ouvi-lo para admirá-lo. Elisiário, que a conhecia desde pequena, falava-lhe como a uma irmã mais moça. Depois viu que era inteligente, mais do que o comum das mulheres, e que havia nela um sentimento de poesia e de arte que a faziam superior. O apreço em que a tinha era grande, mas não passava disso.

Assim se passaram anos. D. Jacinta começou a pensar em um ato de pura dedicação. Conhecia a vida de Elisiário, os dias perdidos, as noitadas, a incoerência e o desarranjo de uma existência que ameaçava acabar na inutilidade. Nenhum estímulo, nenhuma ambição de futuro. D. Jacinta acreditava no gênio de Elisiário. Muitos eram os admiradores; nenhum tinha a fé viva, a devoção calada e profunda daquela moça. O projeto era desposá-lo. Uma vez casados, ela lhe daria a ambição que não tinha, o estímulo, o hábito do trabalho regular, metódico, e naturalmente abundante. Em vez de perder o tempo e a inspiração em cousas fúteis ou conversas ociosas, comporia obras de fôlego, nas boas horas, e para ele quase todas as horas eram excelentes. O grande poeta afirmar-se-ia perante o mundo. Assim disposta, não lhe foi difícil obter a colaboração do pai, sem todavia confessar-lhe o motivo secreto da ação; seria dizer que se casava sem amor. O que ela disse foi que o amava deveras.

Que haja nisso uma nota romanesca, é verdade; mas o romanesco era aqui obra de piedade, vinha de um sentimento de admiração, e podia ser um sacrifício. Talvez mais de um tentasse casar com ela. D. Jacinta não pensou em ninguém, até que lhe surdiu a idéia generosa de seduzir o poeta. Já sabes que este casou por obediência.

O resultado foi inteiramente oposto às esperanças da moça. O poeta, em vez dos louros, enfiou uma carapuça na cabeça, e mandou bugiar a poesia. Acabou em nada. Para o fim dos tempos nem lia já obras de arte. D. Jacinta padeceu grandemente; viu esvair-se-lhe o sonho, e, se não perdeu, antes ganhou o latim, perdeu aquela língua sublime em que cuidou falar às ambições de um grande espírito. A conclusão a que chegou foi ainda um desconsolo para si. Concluiu que o casamento esterilizara uma inspiração que só tinha ambiente na liberdade do celibato. Sentiu remorsos. Assim, além de não achar as doçuras do casamento na união com Elisiário, perdeu a única vantagem a que se propusera no sacrifício.

Errava naturalmente. Para mim Elisiário era o mesmo erradio, ainda que parecesse agora pousado; mas era também um talento de pouca dura; tinha de acabar, ainda que não casasse. Não foi a ordem que lhe tirou a inspiração. Certamente, a desordem ia mais com ele que tanto tinha de agitado, como de solitário; mas a quietação e o método não dariam cabo do poeta, se a poesia nele não fosse uma grande febre da mocidade... Em mim é que não passou de ligeira constipação da adolescência. Pede-me tu amor, que o terás; não me peças versos, que desaprendi há muito, concluiu Tosta, beijando a mulher.

ETERNO!

– Não me expliques nada, disse eu entrando no quarto; é o negócio da baronesa.

Norberto enxugou os olhos e sentou-se na cama, com as pernas pendentes. Eu, cavalgando uma cadeira, pousei a barba no dorso, e proferi este breve discurso:

– Mas, meu pateta, quantas vezes queres que te diga que acabes com essa paixão ridícula e humilhante? Sim, senhor, humilhante e ridícula, porque ela não faz caso de ti; e demais, é arriscado. Não? Verás se o é, quando o barão desconfiar que lhe arrastas a asa à mulher. Olha que ele tem cara de maus bofes.

Norberto meteu as unhas na cabeça, desesperado. Tinha-me escrito cedo, pedindo que fosse confortá-lo e dar-lhe algum conselho; esperara-me na rua, até perto de uma hora da noite, defronte da casa de pensão em que eu morava; contava-me na carta que não dormira, que recebera um golpe terrível, falava em atirar-se ao mar. Eu, apesar de outro golpe que também recebera, acudi ao meu pobre Norberto. Éramos da mesma idade, estudávamos medicina, com a diferença que eu repetia o terceiro ano, que perdera, por vadio. Norberto vivia com os pais; não me cabendo igual fortuna, por havê-los perdido, vivia de uma mesada que me dava um tio da Bahia, e das dívidas que o bom velho pagava semestralmente. Pagava-as, e escrevia-me logo uma porção de cousas amargas, concluindo sempre que, pelo menos, fosse estudando até ser doutor. Doutor, para quê? dizia comigo. Pois se nem o sol, nem a lua, nem as moças, nem os bons charutos Villegas eram doutores, que necessidade tinha eu de o ser? E toca a rir, a folgar, a deixar correr semanas e credores.

Falei de um golpe recebido. Era uma carta do tio, vinda com a do Norberto, naquela mesma manhã. Abri-a antes da outra, e li-a com pasmo. Já me não tuteava; dizia cerimoniosamente: "Sr. Simeão Antônio de Barros, estou farto de gastar à toa o meu dinheiro com o senhor. Se quiser concluir os estudos, venha matricular-se aqui, e morar comigo. Se não, procure por si mesmo recursos; não lhe dou mais nada." Amarrotei o papel, finquei os olhos numa litografia muito ruim do visconde de Sepetiba, que já achei pendente de um prego, no meu quarto de pensão, e disse-lhe os nomes mais feios, de maluco para baixo. Bradei que podia guardar o seu dinheiro, que eu tinha vinte anos – o primeiro dos direitos do homem, anterior aos tios e outras convenções sociais.

A imaginação, madre amiga, apontou-me logo uma infinidade de recursos, que bastavam a dispensar os magros cobres de um velho avarento; mas, passada essa primeira impressão, e relida a carta, entrei a ver que a solução era mais árdua do que parecia. Os recursos podiam ser bons e até certos; mas eu estava tão afeito a ir à rua da Quitanda receber a pensão mensal e a gastá-la em dobro, que mal podia adotar outro sistema.

Foi neste ponto que abri a carta do amigo Norberto e corri à casa dele. Já sabem o que lhe disse; viram que ele meteu as unhas na cabeça, desesperado. Saibam agora que, depois do gesto, disse com olhar sombrio que esperava de mim outros conselhos.

– Quais?

Não me respondeu.

– Que compres uma pistola ou uma gazua? Algum narcótico?

– Para que estás caçoando comigo?

– Para fazer-te homem.

Norberto deu de ombros, com um laivozinho de escárnio ao canto da boca. Que homem? Que era ser homem senão amar a mais divina criatura do mundo e morrer por ela?

A baronesa de Magalhães, causa daquela demência, viera pouco antes da Bahia, com o marido, que antes do baronato, adquirido para satisfazer a noiva, era Antônio José Soares de Magalhães. Vinham casados de fresco; a baronesa tinha menos trinta anos que o barão; ia em vinte e quatro. Realmente era bela. Chamavam-lhe, em família, Iaiá Lindinha. Como o barão era velho amigo do pai de Norberto, as duas famílias uniram-se desde logo.

– Morrer por ela? disse eu.

Jurou-me que sim; era capaz de matar-se. Mulher misteriosa! A voz dela entrava-lhe pelos ossos... E, dizendo isto, rolava na cama, batia com a cabeça, mordia os travesseiros. Às vezes, parava, arquejando; logo depois tornava às mesmas convulsões, abafando os soluços e os gritos, para que os não ouvissem do primeiro andar.

Já acostumado às lágrimas do meu amigo, desde a vinda da baronesa, esperei que elas acabassem, mas não acabavam. Descavalguei a cadeira, fui a ele, bradei-lhe que era uma criançada, e despedi-me; Norberto pegou-me na mão, para que ficasse, não me tinha dito ainda o principal.

– É verdade; que é?

– Vão-se embora. Estivemos lá ontem, e ouvi que embarcam sábado.

– Para a Bahia?

— Sim.
— Então, vão comigo.

Contei-lhe o caso da carta, e as ordens de meu tio para ir matricular-me na Bahia, e estudar ao pé dele. Norberto escutou-me alvoroçado. Na Bahia? Iríamos juntos; éramos íntimos, os pais não recusariam este favor à nossa jovem amizade. Confesso que o plano pareceu-me excelente, e demo-nos a ele com afinco. A mãe, apesar de muita lágrima que teria de verter ao despegar-se do filho, cedeu mais prontamente do que supúnhamos. O pai é que não cedeu nada. Não houve rogos nem empenhos; o próprio barão, que eu tive a arte de trazer ao nosso propósito, não alcançou do velho amigo que deixasse ir o filho, nem ainda com a promessa de o aposentar em casa e velar por ele. O pai foi inflexível.

Podem imaginar o desespero do meu amigo. Na noite de sexta-feira esteve em casa dela, com a família, até onze horas; mas, com o pretexto de passar comigo a última noite da minha estada aqui, veio realmente chorar tantas e tais lágrimas, como nunca as vi chorar jamais, nem antes nem depois. Não podia descrer da paixão, nem presumir consolá-la; era a primeira. Até então, ambos nós só conhecíamos os trocos miúdos do amor; e por desgraça dele a primeira moeda grande que achara não era ouro nem prata, senão ferro, duro ferro, como a do velho Licurgo, forjada com o mesmo amargo vinagre.

Não dormimos. Norberto chorava, atropelava-se, pedia a morte, construía planos absurdos ou terríveis. Eu, arranjando as malas, ia-lhe dizendo alguma cousa que o consolasse; era pior, era como se falasse de dança a uma perna dolorida. Consegui que fumasse um cigarro, depois outro, e afinal fumou-os às dúzias, sem acabar nenhum. Às três horas tratava do modo de fugir ao Rio de Janeiro – não logo, mas daí a dias, no primeiro vapor. Tirei-lhe essa idéia da cabeça unicamente no interesse dele próprio.

– Ainda se fosse útil, vá, disse-lhe eu; mas ir sem certeza de nada, ir dar com o nariz na porta, porque a mulher, se não gosta de ti, e te vê lá, é capaz de perceber logo o motivo da tua viagem, e não te recebe.

– Que sabes tu?

– Pode receber-te, mas não há certeza, acho eu. Crês que ela goste de ti?

– Não digo que sim, nem que não.

Contou-me episódios, gestos, ditos, cousas ambíguas ou insignificantes; depois vinha uma reticência de lágrimas, murros no peito, clamor de angústia, a dor ia-se-me comunicando; padecia com ele, a razão cedia à compaixão, as nossas naturezas fundiam-se em uma só lástima. Daí esta promessa que lhe fiz.

– Tenho uma idéia. Vou com eles, já nos conhecemos, é provável que freqüente a casa; eu então farei uma cousa: sondo-a a teu respeito.

Se vir que nem pensa em ti, escrevo-te francamente que penses em outra cousa; mas se achar alguma inclinação, pouca que seja, aviso-te, e, ou por bem ou por mal, embarca.

Norberto aceitou alvoroçado a proposta; era uma esperança. Fez-me jurar que cumpriria tudo, que a observaria bem, sem temor, e, pela sua parte, jurou-me que não hesitaria um instante. E teimava comigo que não perdesse nada; que, às vezes, um indício pequeno valia muito, uma palavrinha era um livro; que, se pudesse, aludisse ao desespero em que o deixava. Para peitar a minha sagacidade, afirmou que o desengano matá-lo-ia, porque esse amor, eterno como era, iria fartar-se na morte e na eternidade. Não achei boca para replicar-lhe que isto era o mesmo que obrigar-me a só mandar boas notícias. Naquela ocasião, apenas sabia chorar com ele.

A aurora registrou o nosso pacto imoral. Não consenti que ele fosse a bordo despedir-se. Parti. Não falemos da viagem... Ó mares de Homero, flagelados por Euros, Bóreas e o violento Zéfiro, mares épicos, podeis sacudir Ulisses, mas não lhe dais as aflições do enjôo. Isso é bom para os mares de agora, e particularmente para aqueles que me levaram daqui à Bahia. Só depois de chegar ante a cidade, ousei aparecer à nossa dona magnífica, tão senhora de si, como se acabasse de dar um passeio apenas longo.

– Não tem saudades do Rio de Janeiro? disse-lhe eu logo, de intróito.

— Certamente.

O barão veio indicar-me os lugares que a gente via do paquete – ou a direção de outros. Ofereceu-me a casa dele, no Bonfim. Meu tio veio a bordo, e, por mais que quisesse fazer-se tétrico, senti-lhe o coração amigo. Via-me, único filho da irmã finada – e via-me obediente. Não podia haver para mim melhores impressões de entrada. Divina juventude! As cousas novas pagavam-me em dobro as cousas velhas.

Dei os primeiros dias ao conhecimento da cidade; mas não tardou que uma carta do meu amigo Norberto me chamasse a atenção para ele. Fui ao Bonfim. A baronesa – ou Iaiá Lindinha, que era ainda o nome dado por toda a gente – recebeu-me com tanta graça, e o marido era tão hospedeiro e bom, que me envergonhei da particular comissão que trazia. Mas durou pouco a vergonha, vi o desespero do meu amigo, e a necessidade de consolá-lo ou desenganá-lo era superior a qualquer outra consideração. Confesso até uma singularidade; agora que estavam separados entrou-me na alma a esperança de que ela não desgostasse dele – justamente o que eu negava antes. Talvez fosse o desejo de o ver feliz; podia ser uma instigação da vaidade que me acenasse com a vitória em favor do desgraçado.

Naturalmente, conversamos do Rio de Janeiro. Eu dizia-lhe as minhas saudades, falava das cousas que estava acostumado a ver, das ruas que faziam parte da minha pessoa, das caras de todos os dias, das casas, das afeições... Oh! as afeições eram os laços mais apertados. Tinha amigos: os pais de Norberto...

– Dous santos, interrompeu a moça; meu marido, que conhece o velho desde muitos anos, conta dele cousas curiosas. Sabe que casou por uma paixão fortíssima?

– Adivinha-se. O filho é o fruto expressivo do amor dos dous. Conheceu bem o meu pobre Norberto?

– Conheci; ia lá à casa muitas vezes.

– Não conheceu.

Iaiá Lindinha franziu levemente a testa.

– Perdoe-me se a desminto, continuei com vivacidade. Não conheceu a melhor alma, a mais pura e a mais ardente que Deus criou. Talvez que ache parcial por ser amigo. A verdade é que ninguém me prende mais ao Rio de Janeiro. Coitado do meu Norberto! Não imagina que homem talhado para dous ofícios ao mesmo tempo, arcanjo e herói – para dizer à terra as delícias do céu, e para escalar o céu, se for preciso ir lá levar as lamentações humanas...

Só no fim desta fala compreendi que era ridícula. Iaiá Lindinha, ou não a entendeu assim, ou disfarçou a opinião; disse-me somente que a minha amizade era entusiasta, mas que o meu amigo parecia boa pessoa. Não era alegre, ou tinha crises melancólicas. Disseram-lhe que ele estudava muito...

– Muito.

Não insisti para não atropelar os acontecimentos... Que o leitor me não condene sem remissão nem agravo. Sei que o papel que eu fazia não era bonito; mas já lá vão vinte e sete anos. Confio do Tempo, que é um insigne alquimista. Dá-se-lhe um punhado de lodo, ele o restitui em diamantes; quando menos, em cascalho. Assim é que, se um homem de Estado escrever e publicar as suas memórias, tão sem escrúpulo, que lhes não falte nada, nem confidências pessoais, nem segredos do governo, nem até amores, amores particularíssimos e inconfessáveis, verá que escândalo levanta o livro. Dirão, e dirão bem, que o autor é um cínico, indigno dos homens que confiaram nele e das mulheres que o amaram. Clamor sincero e legítimo, porque o caráter público impõe muitos resguardos; os bons costumes e o próprio respeito às mulheres amadas constrangem ao silêncio...

... Mas deixai pingar os anos na cuba de um século. Cheio o século, passa o livro a documento histórico, psicológico, anedótico. Hão de lê-lo a frio; estudar-se-á nele a vida íntima do nosso tempo, a maneira de amar, a de compor os ministérios e deitá-los abaixo, se as mulheres eram mais animosas que dissimuladas, como é que se faziam eleições e galanteios, se eram usados xales ou capas, que veículos tínhamos, se os relógios eram trazidos à direita ou à esquerda, e multidão de cousas interessantes para a nossa história pública e íntima. Daí a esperança que me fica, de não ser condenado absolutamente pela consciência dos que me lêem. Já lá vão vinte e sete anos!

Gastei mais de meio em bater à porta daquele coração, a ver se lá achava o Norberto; mas ninguém me respondia de dentro, nem o próprio marido. Não obstante, as cartas que mandava ao meu pobre amigo, se não levavam esperanças, também não levavam desenganos. Houve-as até mais esperançosas que desenganadas. A afeição que lhe tinha e o meu amor-próprio conjugavam as forças todas para espertar nela a curiosidade e a sedução de um mistério remoto e possível.

Já então as nossas relações eram familiares. Visitava-os a miúdo. Quando lá não ia três noites seguidas, vivia aflito e inquieto; corria a vê-los na quarta noite, e era ela que me esperava ao portão da chácara, para dizer-me nomes feios, ingrato, preguiçoso, esquecido. Os nomes foram cessando, mas a pessoa não deixava de estar ali à espera, com a mão prestes a apertar a minha – às vezes, trêmula – ou seria a minha que tremia; não sei.

– Amanhã não posso vir, dizia-lhe algumas noites, à despedida, baixo, no vão de uma janela.
– Por quê?

Explicava-lhe a causa, estudo ou alguma obrigação de meu tio. Nunca tentou dissuadir-me de promessa, mas ficava desconsolada. Comecei a escrever menos ao Norberto e a falar pouco de Iaiá Lindinha, como quem não ia à casa dela. Tinha fórmulas diferentes: "Ontem encontrei o barão no largo do Palácio; disse-me que a mulher está boa." Ou então: "Sabes quem vi há três dias no teatro? A baronesa." Não relia as cartas, para não encarar a minha hipocrisia. Ele, pela sua parte, também ia escrevendo menos, e bilhetes curtos. Entre mim e a moça não aparecia mais o nome de Norberto; convencionamos, sem palavras, que era um defunto, e um triste defunto sem galas mortuárias

Beirávamos o abismo, ambos teimando que era um reflexo da cúpula celeste – incongruência para os que não andam namorados. A morte resolveu o problema, levando consigo o barão, por meio de um ataque de apoplexia, no dia vinte e três de março de 1861, às seis horas da tarde. Era um excelente homem, a quem a viúva pagou em preces o que lhe não dera em amor.

Quando eu lhe pedi, três meses depois, que, acabado o luto, casasse comigo, Iaiá Lindinha não estranhou nem me despediu. Ao contrário, respondeu que sim, mas não tão cedo; punha uma condição: que concluísse primeiro os estudos, que me formasse. E disse isto com os mesmos lábios, que pareciam ser o único livro do mundo, o livro universal, a melhor das academias, a escola das escolas. Apelei dela para ela;

escutou-me inflexível. A razão que me deu foi que meu tio podia recear que, uma vez casado, interromperia a carreira.

– E com razão, concluiu. Ouça-me: só me caso com um doutor.

Cumprimos ambos a promessa. Durante algum tempo andou ela pela Europa, com uma cunhada e o marido desta; e as saudades foram então as minhas disciplinas mais duras. Estudei pacientemente; despeguei-me de todas as vadiações antigas. Recebi o capelo na véspera da bênção matrimonial; e posso dizer, sem hipocrisia, que achei o latim do padre muito superior ao discurso acadêmico.

Semanas depois, pediu-me Iaiá Lindinha que viéssemos ao Rio de Janeiro. Cedi ao pedido, confesso que um pouco atordoado. Cá viria achar o meu amigo Norberto, se é que ele ainda residia aqui. Ia em mais de três anos que nos não escrevíamos; já antes disso as nossas cartas eram breves e sem interesse. Saberia do nosso casamento? Dos precedentes? Viemos; não contei nada a minha mulher.

Para quê? Era dar-lhe notícia de uma aleivosia oculta, dizia comigo. Ao chegar, pus esta questão a mim mesmo, se esperaria a visita dele, se iria visitá-lo antes; escolhi o segundo alvitre, para avisá-lo das cousas. Engenhei umas circunstâncias especiais, curiosas, acarretadas pela Providência, cujos fios ficam sempre ocultos aos homens. Não me ria, note-se bem; minha imaginação compunha tudo isso com seriedade.

No fim de quatro dias, soube que Norberto morava para os lados do Rio Comprido, estava casado. Tanto melhor. Corri à casa dele. Vi no jardim uma preta amamentando uma criança, outra criança de ano e meio, que recolhia umas pedrinhas do chão, acocorada.

– Nhô Bertinho, vai dizer a mamãe que está aqui um moço procurando papai.

O menino obedeceu; mas, antes que voltasse, chegava de fora o meu velho amigo Norberto. Conheci-o logo, apesar das grandes suíças que usava; lançamo-nos nos braços um do outro.

– Tu aqui? Quando chegaste?
– Ontem.
– Estás mais gordo, meu velho! Gordo e bonito. Entremos. Que é? continuou ele inclinando-se para Nhô Bertinho, que lhe abraçava uma das pernas.

Pegou dele, alçou-o, deu-lhe trinta mil beijos ou pouco menos; depois, tendo-o num braço, apontou para mim.

– Conheces este moço?

Nhô Bertinho olhava espantado, com o dedo na boca. O pai contou-lhe então que eu era um amigo de papai, muito amigo, desde o tempo em que vovô e vovó eram vivos…

– Teus pais morreram?

Norberto fez-me sinal que sim, e acudiu ao filho, que com as mãozinhas espalmadas pegava da cara do pai, pedindo-lhe mais beijos. Depois, foi à criança que mamava, não a tirou do regaço da ama, mas disse-lhe muitas cousas ternas, chamou-me para vê-la, era uma menina. Revia-se nela, encantado. Tinha cinco meses por ora; mas se eu voltasse ali quinze anos depois, veria que mocetona. Que bracinhos! Que dedos gordos! Não podendo ter-se, inclinou-se e beijou-a.

– Entra, anda ver minha mulher. Jantas conosco.

– Não posso.

– Mamãe está espiando, disse Nhô Bertinho.

Olhei, vi uma moça à porta da sala, que dava para o jardim; a porta estava aberta, ela esperava-nos. Subimos os cinco degraus; entramos na sala. Norberto pegou-lhe nas mãos, e deu-lhes dous beijos. A moça quis recuar, não pôde, ficou muito corada.

– Não te vexes, Carmela, disse ele. Sabes quem é este sujeito? É aquele Barros de quem te falei muitas vezes, um Simeão, estudante de medicina... A propósito, por que é que não me respondeste à participação do casamento?

– Não recebi nada, respondi.

– Pois afirmo que foi pelo correio.

Carmela ouvia o marido com admiração; ele tanto fez, que foi sentar-se ao pé dela, para lhe reter a mão, às escondidas. Eu fingia não ver nada; falava dos tempos acadêmicos, de alguns amigos, da política, da guerra, tudo para evitar que ele me perguntasse se estava ou não casado. Já me arrependia de ter ido ali; que lhe diria, se ele tocasse ao ponto e indagasse da pessoa? Não me falou em nada; talvez soubesse tudo.

A conversação prolongou-se; mas eu teimei em sair, e levantei-me, Carmela despediu-se de mim com muita afabilidade. Era bela; os olhos pareciam dar-lhe um resplendor de santa. Certo é que o marido tinha-lhe adoração.

– Viste-a bem? perguntou-me ele à porta do jardim. Não te digo o sentimento que nos prende, estas cousas sentem-se, não se exprimem. De que sorris? Achas-me naturalmente criança. Creio que sim; criança eterna, como é eterno o meu amor.

Entrei no tílburi, prometendo ir lá jantar um daqueles dias.

– Eterno! disse comigo. Tal qual o amor que ele tinha a minha mulher.

E, voltando-me para o cocheiro, perguntei-lhe:
– O que é eterno?
– Com perdão de V. Sa., acudiu ele, mas eu acho que eterno é o fiscal da minha rua, um maroto que, se lhe não quebro a cara um destes dias, a minha alma se não salve. Pois o maroto parece eterno no lugar; tem aí não sei que compadres... Outros dizem que... Não me meto nisso... Lá quebrar-lhe a cara...

Não ouvi o resto: fui mergulhando em mim mesmo, ao zunzum do cocheiro. Quando dei por mim, estava na rua da Glória. O demônio continuava a falar; paguei, e desci até à praia da Glória, meti-me pela do Russell e fui sair à do Flamengo. O mar batia com força. Moderei o passo, e pus-me a olhar para as ondas que vinham ali bater e morrer. Cá dentro, ressoava, como um trecho musical, a pergunta que fizera ao cocheiro: o que é eterno? As ondas, mais discretas que ele, não me contaram os seus particulares, vinham vindo, morriam, vinham vindo, morriam.

Cheguei ao Hotel de Estrangeiros ao declinar da tarde. Minha mulher esperava-me para jantar. Eu, ao entrar no quarto, peguei-lhe das mãos, e perguntei-lhe:

– O que é eterno, Iaiá Lindinha?

Ela, suspirando:

– Ingrato! É o amor que te tenho.

Jantei sem remorsos; ao contrário, tranqüilo e jovial. Cousas do Tempo! Dá-se-lhe um punhado de lodo, ele o restitui em diamantes...

MISSA DO GALO

Nunca pude entender a conversação que tive com uma senhora, há muitos anos, contava eu dezessete, ela trinta. Era noite de Natal. Havendo ajustado com um vizinho irmos à missa do galo, preferi não dormir; combinei que eu iria acordá-lo à meia-noite.

A casa em que eu estava hospedado era a do escrivão Meneses, que fora casado, em primeiras núpcias, com uma de minhas primas. A segunda mulher, Conceição, e a mãe desta acolheram-me bem quando vim de Mangaratiba para o Rio de Janeiro, meses antes, a estudar preparatórios. Vivia tranqüilo, naquela casa assobradada da rua do Senado, com os meus livros, poucas relações, alguns passeios. A família era pequena, o escrivão, a mulher, a sogra e duas escravas. Costumes velhos. Às dez horas da noite toda a gente estava nos quartos; às dez e meia a casa dormia. Nunca tinha ido ao teatro, e mais de uma vez, ouvindo dizer ao Meneses que ia ao teatro, pedi-lhe que me levasse consigo. Nessas ocasiões, a sogra fazia uma careta, e as escravas riam à socapa; ele não respondia, vestia-se, saía e só tornava na manhã seguinte. Mais tarde é que eu soube que o teatro era um eufemismo em ação. Meneses trazia amores com uma senhora, separada do marido, e dormia fora de casa uma vez por semana. Conceição padecera, a princípio, com a existência da comborça; mas afinal, resignara-se, acostumara-se, e acabou achando que era muito direito.

Boa Conceição! Chamavam-lhe "a santa", e fazia jus ao título, tão facilmente suportava os esquecimentos do marido. Em verdade, era um temperamento moderado, sem extremos, nem grandes lágrimas, nem grandes risos. No capítulo de que trato, dava para maometana; aceitaria um harém, com as aparências salvas. Deus me perdoe, se a julgo mal. Tudo nela era atenuado e passivo. O próprio rosto era mediano, nem bonito nem feio. Era o que chamamos uma pessoa simpática. Não dizia mal de ninguém, perdoava tudo. Não sabia odiar; pode ser até que não soubesse amar.

Naquela noite de Natal foi o escrivão ao teatro. Era pelos anos de 1861 ou 1862. Eu já devia estar em Mangaratiba, em férias; mas fiquei até o Natal para ver "a missa do galo na Corte". A família recolheu-se à hora do costume; eu meti-me na sala da frente, vestido e pronto. Dali passaria ao corredor da entrada e sairia sem acordar ninguém. Tinha três chaves a porta; uma estava com o escrivão, eu levaria outra, a terceira ficava em casa.

– Mas, Sr. Nogueira, que fará você todo esse tempo? perguntou-me a mãe de Conceição.

– Leio, D. Inácia.

Tinha comigo um romance, *Os três mosqueteiros*, velha tradução creio do *Jornal do Commercio*. Sentei-me à mesa que havia no centro da sala, e à luz de um candeeiro de querosene, enquanto a casa dormia, trepei ainda uma vez ao cavalo magro de D'Artagnan e fui-me às aventuras. Dentro em pouco estava completamente ébrio de Dumas. Os minutos voavam, ao contrário do que costumam fazer, quando são de espera; ouvi bater onze horas, mas quase sem dar por elas, um acaso. Entretanto, um pequeno rumor que ouvi dentro veio acordar-me da leitura. Eram uns passos no corredor que ia da sala de visitas à de jantar; levantei a cabeça; logo depois vi assomar à porta da sala o vulto de Conceição.

– Ainda não foi? perguntou ela.

– Não fui; parece que ainda não é meia-noite.

– Que paciência!

Conceição entrou na sala, arrastando as chinelinhas da alcova. Vestia um roupão branco, mal-apanhado na cintura. Sendo magra, tinha um ar de visão romântica, não disparatada com o meu livro de aventuras. Fechei o livro, ela foi sentar-se na cadeira que ficava defronte de mim, perto do canapé. Como eu lhe perguntasse se a havia acordado, sem querer, fazendo barulho, respondeu com presteza:

– Não! qual! Acordei por acordar.

Fitei-a um pouco e duvidei da afirmativa. Os olhos não eram de pessoa que acabasse de dormir; pareciam não ter ainda pegado no sono. Essa observação, porém, que valeria alguma cousa em outro espírito, depressa a botei fora, sem advertir que talvez não dormisse justamente por minha causa, e mentisse para me não afligir ou aborrecer. Já disse que ela era boa, muito boa.

– Mas a hora já há de estar próxima, disse eu.

– Que paciência a sua de esperar acordado, enquanto o vizinho dorme! E esperar sozinho! Não tem medo de almas do outro mundo? Eu cuidei que se assustasse quando me viu.

– Quando ouvi os passos estranhei: mas a senhora apareceu logo.

– Que é que estava lendo? Não diga, já sei, é o romance dos *Mosqueteiros*.

– Justamente: é muito bonito.

– Gosta de romances?

– Gosto.

– Já leu a *Moreninha*?

– Do Dr. Macedo? Tenho lá em Mangaratiba.

— Eu gosto muito de romances, mas leio pouco, por falta de tempo. Que romances é que você tem lido?

Comecei a dizer-lhe os nomes de alguns. Conceição ouvia-me com a cabeça reclinada no espaldar, enfiando os olhos por entre as pálpebras meio cerradas, sem os tirar de mim. De vez em quando passava a língua pelos beiços, para umedecê-los. Quando acabei de falar, não me disse nada; ficamos assim alguns segundos. Em seguida, vi-a endireitar a cabeça, cruzar os dedos e sobre eles pousar o queixo, tendo os cotovelos nos braços da cadeira, tudo sem desviar de mim os grandes olhos espertos.

"Talvez esteja aborrecida", pensei eu.

E logo alto:

— D. Conceição, creio que vão sendo horas, e eu...

— Não, não, ainda é cedo. Vi agora mesmo o relógio, são onze e meia. Tem tempo. Você, perdendo a noite, é capaz de não dormir de dia?

— Já tenho feito isso.

— Eu, não, perdendo uma noite, no outro dia estou que não posso, e, meia hora que seja, hei de passar pelo sono. Mas também estou ficando velha.

— Que velha o quê, D. Conceição?

Tal foi o calor da minha palavra que a fez sorrir. De costume tinha os gestos demorados e as atitudes tranqüilas; agora, porém, ergueu-se rapidamente, passou para o outro lado da sala e deu alguns passos, entre a janela da rua e a porta do gabinete do marido. Assim, com o desalinho honesto que trazia, dava-me uma impressão singular. Magra embora, tinha não sei que balanço no andar, como quem lhe custa levar o corpo; essa feição nunca me pareceu tão distinta como naquela noite. Parava algumas vezes, examinando um trecho de cortina ou concertando a posição de algum objeto no aparador; afinal deteve-se, ante mim, com a mesa de permeio. Estreito era o círculo das suas idéias; tornou ao espanto de me ver esperar acordado; eu repeti-lhe o que ela sabia, isto é, que nunca ouvira missa do galo na Corte, e não queria perdê-la.

– É a mesma missa da roça; todas as missas se parecem.

– Acredito; mas aqui há de haver mais luxo e mais gente também. Olhe, a semana santa na Corte é mais bonita que na roça. São João não digo, nem Santo Antônio...

Pouco a pouco, tinha-se reclinado; fincara os cotovelos no mármore da mesa e metera o rosto entre as mãos espalmadas. Não estando abotoadas as mangas, caíram naturalmente, e eu vi-lhe metade dos braços, muito claros, e menos magros do que se poderiam supor. A vista não era nova para mim, posto também não fosse comum; naquele momento, porém, a impressão que tive foi grande. As veias eram tão azuis, que apesar da pouca claridade, podia contá-las do meu lugar. A presença de Conceição espertara-me ainda mais que o livro. Continuei a dizer o que pensava das festas da roça e da cidade, e de outras cousas que me iam vindo à boca. Falava emendando os assuntos, sem saber por quê, variando deles ou tornando aos primeiros, e rindo para fazê-la sorrir e ver-lhe os dentes que luziam de brancos, todos iguaizinhos. Os olhos dela não eram bem negros, mas escuros; o nariz, seco e longo, um tantinho curvo, dava-lhe ao rosto um ar interrogativo. Quando eu alteava um pouco a voz, ela reprimia-me:

– Mais baixo! mamãe pode acordar.

E não saía daquela posição, que me enchia de gosto, tão perto ficavam as nossas caras. Realmente, não era preciso falar alto para ser ouvido: cochichávamos os dous, eu mais que ela, porque falava mais; ela, às vezes, ficava séria, muito séria, com a testa um pouco franzida. Afinal, cansou; trocou de atitude e de lugar. Deu volta à mesa e veio sentar-se do meu lado, no canapé. Voltei-me, e pude ver, a furto, o bico das chinelas; mas foi só o tempo que ela gastou em sentar-se, o roupão era comprido e cobriu-as logo. Recordo-me que eram pretas. Conceição disse baixinho:

– Mamãe está longe, mas tem o sono muito leve; se acordasse agora, coitada, tão cedo não pegava no sono.

— Eu também sou assim.

— O quê? perguntou ela inclinando o corpo, para ouvir melhor.

Fui sentar-me na cadeira que ficava ao lado do canapé e repeti a palavra. Riu-se da coincidência; também ela tinha o sono leve; éramos três sonos leves.

— Há ocasiões em que sou como mamãe; acordando, custa-me dormir outra vez, rolo na cama, à toa, levanto-me, acendo vela, passeio, torno a deitar-me e nada.

— Foi o que lhe aconteceu hoje.

— Não, não, atalhou ela.

Não entendi a negativa; ela pode ser que também não a entendesse. Pegou das pontas do cinto e bateu com elas sobre os joelhos, isto é, o joelho direito, porque acabava de cruzar as pernas. Depois referiu uma história de sonhos, e afirmou-me que só tivera um pesadelo, em criança. Quis saber se eu os tinha. A conversa reatou-se assim lentamente, longamente, sem que eu desse pela hora nem pela missa. Quando eu acabava uma narração ou uma explicação, ela inventava outra pergunta ou outra matéria, e eu pegava novamente na palavra. De quando em quando, reprimia-me:

— Mais baixo, mais baixo…

Havia também umas pausas. Duas outras vezes, pareceu-me que a via dormir; mas os olhos, cerrados por um instante, abriam-se logo sem sono nem fadiga, como se ela os houvesse fechado para ver melhor. Uma dessas vezes creio que deu por mim embebido na sua pessoa, e lembra-me que os tornou a fechar, não sei se apressada ou vagarosamente. Há impressões dessa noite, que me aparecem truncadas ou confusas. Contradigo-me, atrapalho-me. Uma das que ainda tenho frescas é que, em certa ocasião, ela, que era apenas simpática, ficou linda, ficou lindíssima. Estava de pé, os braços cruzados; eu, em respeito a ela, quis levantar-me; não consentiu, pôs uma das mãos no meu ombro, e obrigou-me a estar sentado. Cuidei que ia dizer alguma cousa; mas estremeceu, como se tivesse um arrepio de frio, voltou as costas e foi sentar-se na cadeira, onde me achara lendo. Dali relanceou a vista pelo espelho, que ficava por cima do canapé, falou de duas gravuras que pendiam da parede.

– Estes quadros estão ficando velhos. Já pedi a Chiquinho para comprar outros.

Chiquinho era o marido. Os quadros falavam do principal negócio deste homem. Um representava "Cleópatra"; não me recordo o assunto do outro, mas eram mulheres. Vulgares ambos; naquele tempo não me pareciam feios.

– São bonitos, disse eu.

– Bonitos são; mas estão manchados. E depois francamente, eu preferia duas imagens, duas santas. Estas são mais próprias para sala de rapaz ou de barbeiro.

— De barbeiro? A senhora nunca foi a casa de barbeiro.

— Mas imagino que os fregueses, enquanto esperam, falam de moças e namoros, e naturalmente o dono da casa alegra a vista deles com figuras bonitas. Em casa de família é que não acho próprio. É o que eu penso; mas eu penso muita cousa assim esquisita. Seja o que for, não gosto dos quadros. Eu tenho uma Nossa Senhora da Conceição, minha madrinha, muito bonita; mas é de escultura, não se pode pôr na parede, nem eu quero. Está no meu oratório.

A idéia do oratório trouxe-me a da missa, lembrou-me que podia ser tarde e quis dizê-lo. Penso que cheguei a abrir a boca, mas logo a fechei para ouvir o que ela contava, com doçura, com graça, com tal moleza que trazia preguiça à minha alma e fazia esquecer a missa e a igreja. Falava das suas devoções de menina e moça. Em seguida referia umas anedotas de baile, uns casos de passeio, reminiscências de Paquetá, tudo de mistura, quase sem interrupção. Quando cansou do passado, falou do presente, dos negócios da casa, das canseiras de família, que lhe diziam ser muitas, antes de casar, mas não eram nada. Não me contou, mas eu sabia que casara aos vinte e sete anos.

Já agora não trocava de lugar, como a princípio, e quase não saíra da mesma atitude. Não tinha os grandes olhos compridos, e entrou a olhar à toa para as paredes.

– Precisamos mudar o papel da sala, disse daí a pouco, como se falasse consigo.

Concordei, para dizer alguma cousa, para sair da espécie de sono magnético, ou o que quer que era que me tolhia a língua e os sentidos. Queria e não queria acabar a conversação; fazia esforço para arredar os olhos dela, e arredava-os por um sentimento de respeito; mas a idéia de parecer que era aborrecimento, quando não era, levava-me os olhos outra vez para Conceição. A conversa ia morrendo. Na rua, o silêncio era completo.

Chegamos a ficar por algum tempo – não posso dizer quanto – inteiramente calados. O rumor único e escasso era um roer de camundongo no gabinete, que me acordou daquela espécie de sonolência; quis falar dele, mas não achei modo. Conceição parecia estar devaneando. Subitamente, ouvi uma pancada na janela, do lado de fora, e uma voz que bradava:

– Missa do galo! missa do galo!

– Aí está o companheiro, disse ela levantando-se. Tem graça; você é que ficou de ir acordá-lo, ele é que vem acordar você. Vá, que hão de ser horas; adeus.

– Já serão horas? perguntei.
– Naturalmente
– Missa do galo! repetiram de fora, batendo.
– Vá, vá, não se faça esperar. A culpa foi minha. Adeus; até amanhã.

E com o mesmo balanço do corpo, Conceição enfiou pelo corredor dentro, pisando mansinho. Saí à rua e achei o vizinho que esperava. Guiamos dali para a igreja. Durante a missa, a figura de Conceição interpôs-se mais de uma vez, entre mim e o padre; fique isto à conta dos meus dezessete anos. Na manhã seguinte, ao almoço, falei da missa do galo e da gente que estava na igreja sem excitar a curiosidade de Conceição. Durante o dia, achei-a como sempre, natural, benigna, sem nada que fizesse lembrar a conversação da véspera. Pelo Ano-Bom fui para Mangaratiba. Quando tornei ao Rio de Janeiro em março, o escrivão tinha morrido de apoplexia. Conceição morava no Engenho Novo, mas nem a visitei nem a encontrei. Ouvi mais tarde que casara com o escrevente juramentado do marido.

IDÉIAS DE CANÁRIO

Um homem dado a estudos de ornitologia, por nome Macedo, referiu a alguns amigos um caso tão extraordinário que ninguém lhe deu crédito. Alguns chegam a supor que Macedo virou o juízo. Eis aqui o resumo da narração.

No princípio do mês passado – disse ele –, indo por uma rua, sucedeu que um tílburi, à disparada, quase me atirou ao chão. Escapei saltando para dentro de uma loja de belchior. Nem o estrépito do cavalo e do veículo, nem a minha entrada fez levantar o dono do negócio, que cochilava ao fundo, sentado numa cadeira de abrir. Era um frangalho de homem, barba cor de palha suja, a cabeça enfiada em um gorro esfarrapado, que provavelmente não achara comprador. Não se adivinhava nele nenhuma história, como podiam ter alguns dos objetos que vendia, nem se lhe sentia a tristeza austera e desenganada das vidas que foram vidas.

A loja era escura, atulhada das cousas velhas, tortas, rotas, enxovalhadas, enferrujadas que de ordinário se acham em tais casas, tudo naquela meia desordem própria do negócio. Essa mistura, posto que banal, era interessante. Panelas sem tampa, tampas sem panela, botões, sapatos, fechaduras, uma saia preta, chapéus de palha e de pêlo, caixilhos, binóculos, meias casacas, um florete, um cão empalhado, um par de chinelas, luvas, vasos sem nome, dragonas, uma bolsa de veludo, dous cabides, um bodoque, um termômetro, cadeiras, um retrato litografado pelo finado Sisson, um gamão, duas máscaras de arame para o carnaval que há de vir, tudo isso e o mais que não vi ou não me ficou de memória, enchia a loja nas imediações da porta, encostado, pendurado ou exposto em caixas de vidro, igualmente velhas. Lá para dentro, havia outras cousas mais e muitas, e do mesmo aspecto, dominando os objetos grandes, cômodas, cadeiras, camas, uns por cima dos outros, perdidos na escuridão.

Ia a sair, quando vi uma gaiola pendurada da porta. Tão velha como o resto, para ter o mesmo aspecto da desolação geral, faltava-lhe estar vazia. Não estava vazia. Dentro pulava um canário. A cor, a animação e a graça do passarinho davam àquele amontoado de destroços uma nota de vida e de mocidade. Era o último passageiro de algum naufrágio, que ali foi parar íntegro e alegre como dantes. Logo que olhei para ele, entrou a saltar mais, abaixo e acima, de poleiro em poleiro, como se quisesse dizer que no meio daquele cemitério brincava um raio de sol. Não atribuo essa imagem ao canário, senão porque falo a gente retórica; em verdade, ele não pensou em cemitério nem sol, segundo me disse depois. Eu, de envolta com o prazer que me trouxe aquela vista, senti-me indignado do destino do pássaro, e murmurei baixinho palavras de azedume.

– Quem seria o dono execrável deste bichinho, que teve ânimo de se desfazer dele por alguns pares de níqueis? Ou que mão indiferente, não querendo guardar esse companheiro de dono defunto, o deu de graça a algum pequeno, que o vendeu para ir jogar uma quiniela?

E o canário, quedando-se em cima do poleiro, trilou isto:

– Quem quer que sejas tu, certamente não estás em teu juízo. Não tive dono execrável, nem fui dado a nenhum menino que me vendesse. São imaginações de pessoa doente; vai-te curar, amigo…

– Como? interrompi eu, sem ter tempo de ficar espantado. Então o teu dono não te vendeu a esta casa? Não foi a miséria ou a ociosidade que te trouxe a este cemitério, como um raio de sol?

– Não sei que seja sol nem cemitério. Se os canários que tens visto usam do primeiro desses nomes, tanto melhor, porque é bonito, mas estou que confundes.

— Perdão, mas tu não vieste para aqui à toa, sem ninguém, salvo se o teu dono foi sempre aquele homem que ali está sentado.

— Que dono? Esse homem que aí está é meu criado, dá-me água e comida todos os dias, com tal regularidade que eu, se devesse pagar-lhe os serviços, não seria com pouco; mas os canários não pagam criados. Em verdade, se o mundo é propriedade dos canários, seria extravagante que eles pagassem o que está no mundo.

Pasmado das respostas, não sabia que mais admirar, se a linguagem, se as idéias. A linguagem, posto me entrasse pelo ouvido como de gente, saía do bicho em trilos engraçados. Olhei em volta de mim, para verificar se estava acordado; a rua era a mesma, a loja era a mesma loja escura, triste e úmida. O canário, movendo a um lado e outro, esperava que eu lhe falasse. Perguntei-lhe então se tinha saudades do espaço azul e infinito...

— Mas, caro homem, trilou o canário, que quer dizer espaço azul e infinito?

— Mas, perdão, que pensas deste mundo? Que cousa é o mundo?

— O mundo, redargüiu o canário com certo ar de professor, o mundo é uma loja de belchior, com uma pequena gaiola de taquara, quadrilonga, pendente de um prego; o canário é senhor da gaiola que habita e da loja que o cerca. Fora daí, tudo é ilusão e mentira.

Nisto acordou o velho, e veio a mim arrastando os pés. Perguntou-me se queria comprar o canário. Indaguei se o adquirira, como o resto dos objetos que vendia, e soube que sim, que o comprara a um barbeiro, acompanhado de uma coleção de navalhas.

– As navalhas estão em muito bom uso, concluiu ele.

– Quero só o canário.

Paguei-lhe o preço, mandei comprar uma gaiola vasta, circular, de madeira e arame, pintada de branco, e ordenei que a pusessem na varanda da minha casa, donde o passarinho podia ver o jardim, o repuxo e um pouco do céu azul.

Era meu intuito fazer um longo estudo do fenômeno, sem dizer nada a ninguém, até poder assombrar o século com a minha extraordinária descoberta. Comecei por alfabetar a língua do canário, por estudar-lhe a estrutura, as relações com a música, os sentimentos estéticos do bicho, as suas idéias e reminiscências. Feita essa análise filológica e psicológica, entrei propriamente na história dos canários, na origem deles, primeiros séculos, geologia e flora das ilhas Canárias, se ele tinha conhecimento da navegação, etc. Conversávamos longas horas, eu escrevendo as notas, ele esperando, saltando, trilando.

Não tendo mais família que dous criados, ordenava-lhes que não me interrompessem, ainda por motivo de alguma carta ou telegrama urgente, ou visita de importância. Sabendo ambos das minhas ocupações científicas, acharam natural a ordem, e não suspeitaram que o canário e eu nos entendíamos.

Não é mister dizer que dormia pouco, acordava duas e três vezes por noite, passeava à toa, sentia-me com febre. Afinal tornava ao trabalho, para reler, acrescentar, emendar. Retifiquei mais de uma observação – ou por havê-la entendido mal, ou porque ele não a tivesse expresso claramente. A definição do mundo foi uma delas. Três semanas depois da entrada do canário em minha casa, pedi-lhe que me repetisse a definição do mundo.

– O mundo, respondeu ele, é um jardim assaz largo com repuxo no meio, flores e arbustos, alguma grama, ar claro e um pouco de azul por cima; o canário, dono do mundo, habita uma gaiola vasta, branca e circular, donde mira o resto. Tudo o mais é ilusão e mentira.

Também a linguagem sofreu algumas retificações, e certas conclusões, que me tinham parecido simples, vi que eram temerárias. Não podia ainda escrever a memória que havia de mandar ao Museu Nacional, ao Instituto Histórico e às universidades alemãs, não porque faltasse matéria, mas para acumular primeiro todas as observações e ratificá-las. Nos últimos dias, não saía de casa, não respondia a cartas, não quis saber de amigos nem parentes. Todo eu era canário. De manhã, um dos criados tinha a seu cargo limpar a gaiola e pôr-lhe água e comida. O passarinho não lhe dizia nada, como se soubesse que a esse homem faltava qualquer preparo científico. Também o serviço era o mais sumário do mundo; o criado não era amador de pássaros.

Um sábado amanheci enfermo, a cabeça e a espinha doíam-me. O médico ordenou absoluto repouso; era excesso de estudo, não devia ler nem pensar, não devia saber sequer o que se passava na cidade e no mundo. Assim fiquei cinco dias; no sexto levantei-me, e só então soube que o canário, estando o criado a tratar dele, fugira da gaiola. O meu primeiro gesto foi para esganar o criado; a indignação sufocou-me, caí na cadeira, sem voz, tonto. O culpado defendeu-se, jurou que tivera cuidado, o passarinho é que fugira por astuto...

— Mas não o procuraram?

— Procuramos, sim, senhor; a princípio trepou ao telhado, trepei também, ele fugiu, foi para uma árvore, depois escondeu-se não sei onde. Tenho indagado desde ontem, perguntei aos vizinhos, aos chacareiros, ninguém sabe nada.

Padeci muito; felizmente, a fadiga estava passada, e com algumas horas pude sair à varanda e ao jardim. Nem sombra de canário. Indaguei, corri, anunciei, e nada. Tinha já recolhido as notas para compor a memória, ainda que truncada e incompleta, quando me sucedeu visitar um amigo, que ocupa uma das mais belas e grandes chácaras dos arrabaldes. Passeávamos nela antes de jantar, quando ouvi trilar esta pergunta:

– Viva, Sr. Macedo, por onde tem andado que desapareceu?

Era o canário; estava no galho de uma árvore. Imaginem como fiquei, e o que lhe disse. O meu amigo cuidou que eu estivesse doudo; mas que me importavam cuidados de amigos? Falei ao canário com ternura, pedi-lhe que viesse continuar a conversação, naquele nosso mundo composto de um jardim e repuxo, varanda e gaiola branca e circular...

– Que jardim? Que repuxo?
– O mundo, meu querido.
– Que mundo? Tu não perdes os maus costumes de professor. O mundo, concluiu solenemente, é um espaço infinito e azul, com o sol por cima.

Indignado, retorqui-lhe que, se eu lhe desse crédito, o mundo era tudo; até já fora uma loja de belchior...

– De belchior? trilou ele às bandeiras despregadas. Mas há mesmo lojas de belchior?

LÁGRIMAS DE XERXES

Suponhamos (tudo é de supor) que Julieta e Romeu, antes que Frei Lourenço os casasse, travavam com ele este diálogo curioso:

Julieta – Uma só pessoa?

Frei Lourenço – Sim, filha, e, logo que eu houver feito de vós ambos uma só pessoa, nenhum outro poder vos desligará mais. Andai, andai, vamos ao altar, que estão acendendo as velas... (*saem da cela e vão pelo corredor*)

Romeu – Para que velas? Abençoai-nos aqui mesmo. (*pára diante de uma janela*) Para que altar e velas? O céu é o altar: não tarda que a mão dos anjos acenda ali as eternas estrelas; mas, ainda sem elas, o altar é este. A igreja está aberta; podem descobrir-nos. Eia, abençoai-nos aqui mesmo.

Frei Lourenço – Não, vamos para a igreja; daqui a pouco estará tudo pronto. Curvarás a cabeça, filha minha, para que olhos estranhos, se alguns houver, não cheguem a reconhecer-te...

Romeu – Vã dissimulação; não há, em toda Verona, um talhe igual ao da minha bela Julieta, nenhuma outra dama chegaria a dar a mesma impressão que esta. Que impede que seja aqui? O altar não é mais que o céu.

Frei Lourenço – Mais eficaz que o céu.

Romeu – Como?

Frei Lourenço – Tudo o que ele abençoa perdura. As velas que lá verás arder hão de acabar antes dos noivos e do padre que os vai ligar; tenho-as visto morrer infinitas; mas as estrelas...

Romeu – Que tem? Arderão ainda, nem ali nasceram senão para dar ao céu a mesma graça da terra. Sim, minha divina Julieta, a Via Láctea é como o pó luminoso dos teus pensamentos, todas as pedrarias e claridades altas e remotas, tudo isso está aqui perto e resumido na tua pessoa, porque a lua plácida imita a tua indulgência, e Vênus, quando cintila, é com os fogos da tua imaginação. Aqui mesmo, padre. Que outra formalidade nos pedes tu? Nenhuma formalidade exterior, nenhum consentimento alheio. Nada mais que amor e vontade. O ódio de outros separa-nos, mas o nosso amor conjuga-nos.

Frei Lourenço – Para sempre.

Julieta – Conjuga-nos, e para sempre. Que mais então? Vai a tua mão fazer com que parem todas as horas de uma vez. Em vão o sol passará de um céu a outro céu, e tornará a vir e tornará a ir, não levará consigo o tempo que fica a nossos pés como um tigre domado. Monge amigo, repete essa palavra amiga.

Frei Lourenço – Para sempre.

Julieta – Para sempre! Amor eterno! Eterna vida! Juro-vos que não entendo outra língua senão essa. Juro-vos que não entendo a língua de minha mãe.

Frei Lourenço – Pode ser que tua mãe não entendesse a língua da mãe dela. A vida é uma Babel, filha; cada um de nós vale por uma nação.

Romeu – Não aqui, padre; ela e eu somos duas províncias da mesma linguagem, que nos aliamos para dizer as mesmas orações, com o mesmo alfabeto e um só sentido. Nem há outro sentido que tenha algum valor na terra. Agora, quem nos ensinou essa linguagem divina não o sei eu nem ela; foi talvez alguma estrela. Olhai, pode ser que fosse aquela primeira que começa a cintilar no espaço.

Julieta – Que mão celeste a terá acendido? Rafael, talvez, ou tu, amado Romeu. Magnífica estrela, serás a estrela da minha vida, tu, que marcas a hora do meu consórcio. Que nome tem ela, padre?

Frei Lourenço – Não sei de astronomias, filha.

Julieta – Hás de saber por força. Tu conheces as letras divinas e humanas, as próprias ervas do chão, as que matam e as que curam... Dize, dize...

Frei Lourenço – Eva eterna!

Julieta – Dize o nome dessa tocha celeste, que vai alumiar as minhas bodas, e casai-nos aqui mesmo. Os astros valem mais que as tochas da terra.

Frei Lourenço – Valem menos. Que nome tem aquele? Não sei. A minha astronomia não é como a dos outros homens. (*depois de alguns instantes de reflexão*) Eu sei o que me contaram os ventos que andam cá e lá, abaixo e acima, de um tempo a outro tempo, e sabem muito, porque são testemunhas de tudo. A dispersão não lhes tira a unidade, nem a inquietação a constância.

Romeu – E que vos disseram eles?

Frei Lourenço – Cousas duras. Heródoto conta que Xerxes um dia chorou; mas não conta mais nada. Os ventos é que me disseram o resto, porque eles lá estavam ao pé do capitão, e recolheram tudo... Escutai; aí começam eles a agitar-se; ouviram-nos falar e murmuram... Uivai, amigos ventos, uivai como nos jovens dias das Termópilas.

Romeu – Mas que te disseram eles? Contai, contai depressa.

Julieta – Fala a gosto, nós te esperaremos.

Frei Lourenço – Gentil criatura, aprende com ela, filho, aprende a tolerar as demasias de um velho lunático. O que é que me disseram? Melhor fora não repeti-lo; mas, se teimais em que vos case aqui mesmo, ao clarão das estrelas, dir-vos-ei a origem daquela, que parece governar todas as outras... Vamos, ainda é tempo, o altar espera-nos... Não? Teimosos que sois... Contar-vos-ei o que me disseram os ventos, que lá estavam em torno de Xerxes, quando este vinha destruir a Hélade com tropas inumeráveis. As tropas marchavam diante dele, a poder de chicote, porque esse homem cru amava particularmente o chicote e empregava-o a miúdo, sem hesitação nem remorso. O próprio mar, quando ousou destruir a ponte que ele mandara construir, recebeu em castigo trezentas chicotadas. Era justo; mas para não ser somente justo, para ser também abominável, Xerxes ordenou que decapitassem a todos os que tinham construído a ponte e não souberam fazê-la imperecível. Chicote e espada; pancada e sangue.

JULIETA – Oh! Abominável!

FREI LOURENÇO – Abominável, mas forte. Força vale alguma cousa; a prova é que o mar acabou aceitando o jugo do grande persa. Ora, um dia, à margem do Helesponto, curioso de contemplar as tropas que ali ajuntara, no mar e em terra, Xerxes trepou a um alto morro feitiço, donde espalhou as vistas para todos os lados. Calculai o orgulho que ele sentiu. Viu ali gente infinita, o melhor leite mungido à vaca asiática, centenas de milhares ao pé de centenas de milhares, várias armas, povos diversos, cores e vestiduras diferentes, mescladas, baralhadas, flecha e gládio, tiara e capacete, pele de cabra, pele de cavalo, pele de pantera, uma algazarra infinita de cousas. Viu e riu, farejava a vitória. Que outro poder viria contrastá-lo? Sentia-se indestrutível. E ficou a rir e a olhar com longos olhos ávidos e felizes, olhos de noivado, como os teus, moço amigo...

Romeu — Comparação falsa. O maior déspota do universo é um miserável escravo, se não governa os mais belos olhos femininos de Verona. E a prova é que, a despeito do poder, chorou.

Frei Lourenço — Chorou, é certo, logo depois, tão depressa acabara de rir. A cara embruscou-se-lhe de repente, e as lágrimas saltaram-lhe grossas e irreprimíveis. Um tio do guerreiro, que ali estava, interrogou-o espantado; ele respondeu melancolicamente que chorava, considerando que de tantos milhares e milhares de homens que ali tinha diante de si, e às suas ordens, não existiria um só ao cabo de um século. Até aqui Heródoto; escutai agora os ventos. Os ventos ficaram atônitos. Estavam justamente perguntando uns aos outros se esse homem feito de ufania e rispidez teria nunca chorado em sua vida, e concluíam que não, que era impossível, que ele não conhecia mais que injustiça e crueldade, não a compaixão. E era a compaixão que ali vinha lacrimosa, era ela que soluçava na garganta do tirano... Então eles rugiram de assombro; depois pegaram das lágrimas de Xerxes... Que farias tu delas?

Romeu — Secá-las-ia, para que a piedade humana não ficasse desonrada.

Frei Lourenço — Não fizeram isso; pegaram das lágrimas todas e deitaram a voar pelo espaço fora, bradando às constelações: Aqui estão! Olhai! Olhai! Aqui estão os primeiros diamantes da alma bárbara! Todo o firmamento ficou alvoroçado; pode crer-se que, por um instante, a marcha das cousas parou. Nenhum astro queria acabar de crer nos ventos. Xerxes! Lágrimas de Xerxes eram impossíveis; tal planta não dava em tal rochedo. Mas ali estavam elas; eles as mostravam contando a sua curiosa história, o riso que servira de concha a essas pérolas, as palavras dele, e as constelações não tiveram remédio, e creram finalmente que o duro Xerxes houvesse chorado. Os planetas miraram longo tempo essas lágrimas inverossímeis; não havia negar que traziam o amargo da dor e o travo da melancolia. E quando pensaram que o coração que as brotara de si tinha particular amor ao estalido do chicote, deitaram um olhar oblíquo à terra, como perguntando de que contradições era ela feita. Um deles disse aos ventos que devolvessem as lágrimas ao bárbaro, para que as engolisse; mas os ventos responderam que não e detiveram-se para deliberar. Não cuideis que só os homens dissentem uns dos outros.

Julieta — Também os ventos?

Frei Lourenço — Também eles. O Aquilão queria convertê-las em tempestades do mundo, violentas e destruidoras, como o homem que as gerara; mas os outros ventos não aceitaram a idéia. As tempestades passam ligeiras; eles queriam alguma cousa que tivesse perenidade, um rio, por exemplo, ou um mar novo; mas não combinaram nada e foram ter com o sol e a lua. Tu conheces a lua, filha.

Romeu — A lua é ela mesma; uma e outra são a plácida imagem da indulgência e do carinho; é o que eu te disse há pouco, meu bom confessor.

Julieta — Não, não creias nada do que ele disser, freire amigo; a lua é a minha rival, é a rival que alumia de longe o belo rosto do galhardo Romeu, que lhe dá um resplendor de opala, à noite, quando ele vem pela rua...

Frei Lourenço — Terão ambos razão. A lua e Julieta podem ser a mesma pessoa, e é por isso que querem o mesmo homem. Mas, se a lua és tu, filha, deves saber o que ela disse ao vento.

Julieta — Nada, não me lembra nada.

Frei Lourenço — Os ventos foram ter com ela, perguntaram-lhe o que fariam das lágrimas de Xerxes, e a resposta foi a mais piedosa do mundo. Cristalizemos essas lágrimas, disse a lua, e façamos delas uma estrela que brilhe por todos os séculos, com a claridade da compaixão, e onde vão residir todos aqueles que deixarem a terra, para achar ali a perpetuidade que lhes escapou.

JULIETA – Sim, eu diria a mesma cousa. (*olhando pela janela*) Lume eterno, berço de renovação, mundo do amor continuado e infinito, estávamos ouvindo a tua bela história.

FREI LOURENÇO – Não, não, não.

JULIETA – Não?

FREI LOURENÇO – Não, porque os ventos foram também ao sol, e tu que conheces a lua, não conheces o sol, amiga minha. Os ventos levaram-lhe as lágrimas, contaram a origem delas e o conselho do astro da noite, e falaram da beleza que teria essa estrela nova e especial. O sol ouviu-os e redargüiu que sim, que cristalizassem as lágrimas e fizessem delas uma estrela, mas nem tal como o pedia a lua, nem para igual fim. Há de ser eterna e brilhante, disse ele, mas para a compaixão basta a mesma lua com a sua enjoada e dulcíssima poesia. Não; essa estrela feita das lágrimas que a brevidade da vida arrancou um dia ao orgulho humano ficará pendente do céu como o astro da ironia, luzirá cá de cima sobre todas as multidões que passam, cuidando não acabar mais e sobre todas as cousas construídas em desafio dos tempos. Onde as bodas cantarem a eternidade, ela fará descer um dos seus raios, lágrima de Xerxes, para escrever a palavra da extinção, breve, total, irremissível. Toda epifania receberá esta nota de sarcasmo. Não quero melancolias, que são rosas pálidas da lua e suas congêneres; – ironia, sim, uma dura boca, gelada e sardônica...

Romeu – Como? Esse astro esplêndido...

Frei Lourenço – Justamente, filho; e é por isso que o altar é melhor que o céu; no altar a benta vela arde depressa e morre às nossas vistas.

Julieta – Conto de ventos!

Frei Lourenço – Não, não.

Julieta – Ou ruim sonho de lunático. Velho lunático disseste há pouco; és isso mesmo. Vão sonho ruim, como os teus ventos, e o teu Xerxes, e as tuas lágrimas, e o teu sol, e toda essa dança de figuras imaginárias.

Frei Lourenço – Filha minha...

Julieta – Padre meu, que não sabes que há, quando menos, uma cousa imortal, que é o meu amor, e ainda outra, que é o incomparável Romeu. Olha bem para ele; vê se há aqui um soldado de Xerxes. Não, não, não. Viva o meu amado, que não estava no Helesponto, nem escutou os desvarios dos ventos noturnos, como este frade, que é a um tempo amigo e inimigo. Sê só amigo, e casa-nos. Casa-nos onde quiseres, aqui ou além, diante das velas ou debaixo das estrelas, sejam elas de ironia ou de piedade; mas casa-nos, casa-nos, casa-nos...

PAPÉIS VELHOS

Brotero é deputado. Entrou agora mesmo em casa, às duas horas da noite, agitado, sombrio, respondendo mal ao moleque, que lhe pergunta se quer isto ou aquilo, e ordenando-lhe, finalmente, que o deixe só. Uma vez só, despe-se, enfia um chambre e vai estirar-se no canapé do gabinete, com os olhos no teto e o charuto na boca. Não pensa tranqüilamente; resmunga e estremece. Ao cabo de algum tempo senta-se; logo depois levanta-se, vai a uma janela, passeia, pára no meio da sala, batendo com o pé no chão; enfim resolve ir dormir, entra no quarto, despe-se, mete-se na cama, rola inutilmente de um lado para outro, torna a vestir-se e volta para o gabinete.

Mal se sentou outra vez no canapé, bateram três horas no relógio da casa. O silêncio era profundo; e, como a divergência dos relógios é o princípio fundamental da relojoaria, começaram todos os relógios da vizinhança a bater, com intervalos desiguais, uma, duas, três horas. Quando o espírito padece, a cousa mais indiferente do mundo traz uma intenção recôndita, um propósito do destino. Brotero começou a sentir esse outro gênero de mortificação. As três pancadas secas, cortando o silêncio da noite, pareciam-lhe as vozes do próprio tempo, que lhe bradava: Vai dormir. Enfim, cessaram; e ele pôde ruminar, resolver, e levantar-se, bradando:

– Não há outro alvitre, é isto mesmo.

Dito isso, foi à secretária, pegou da pena e de uma folha de papel, e escreveu esta carta ao presidente do conselho de ministros:

Excelentíssimo senhor

Há de parecer estranho a V. Exa. tudo o que vou dizer neste papel; mas, por mais estranho que lhe pareça, e a mim também, há situações tão extraordinárias que só comportam soluções extraordinárias. Não quero desabafar nas esquinas, na rua do Ouvidor, ou nos corredores da Câmara. Também não quero manifestar-me na tribuna, amanhã ou depois, quando V. Exa. for apresentar o programa do seu ministério; seria digno, mas seria aceitar a cumplicidade de uma ordem de cousas, que inteiramente repudio. Tenho um só alvitre: renunciar à cadeira de deputado e voltar à vida íntima.

Não sei se, ainda assim, V. Exa. me chamará despeitado. Se o fizer, creio que terá razão. Mas rogo-lhe que advirta que há duas qualidades de despeito, e o meu é da melhor.

Não pense V. Exa. que recuo diante de certas deputações influentes, nem que me senti ferido pelas intrigas do A... e por tudo o que fez o B... para meter o C... no ministério. Tudo isso são cousas mínimas. A questão para mim é de lealdade, já não digo política, mas pessoal; a questão é com V. Exa. Foi V. Exa. que me obrigou a romper com o ministério dissolvido, mais cedo do que era minha intenção, e talvez mais cedo do que convinha ao partido. Foi V. Exa. que, uma vez, em casa do Z... me disse, a uma janela, que os meus estudos de questões diplomáticas me indicavam naturalmente a pasta de estrangeiros. Há de lembrar-se que lhe respondi então ser para mim indiferente subir ao ministério, uma vez que servisse ao meu país. V. Exa. replicou: – É muito bonito, mas os bons talentos querem-se no ministério.

Na Câmara, já pela posição que fui adquirindo, já pelas distinções especiais de que era objeto, dizia-se, acreditava-se que eu seria ministro na primeira ocasião; e, ao ser chamado V. Exa. ontem para organizar o novo gabinete, não se jurou outra cousa. As combinações variavam, mas o meu nome figurava em todas elas. É que ninguém ignorava as finezas de V. Exa. para comigo, os bilhetes em que me louvava, os seus reiterados convites, etc. Confesso a V. Exa. que acompanhei a opinião geral.

A opinião enganou-se, eu enganei-me; o ministério está organizado sem mim. Considero esta exclusão um desdouro irreparável, e determinei deixar a cadeira de deputado a algum mais capaz, e, principalmente, mais dócil. Não será difícil a V. Exa. achá-lo entre os seus numerosos admiradores. Sou, com elevada estima e consideração.
De V. Exa. desobrigado amigo,
BROTERO.

Os verdadeiros políticos dirão que esta carta é só verossímil no despeito, e inverossímil na resolução. Mas os verdadeiros políticos ignoram duas cousas, penso eu. Ignoram Boileau, que nos adverte da possível inverossimilhança da verdade, em matérias de arte, e a política, segundo a definiu um padre da nossa língua, é a arte das artes; e ignoram que um outro golpe feria a alma do Brotero naquela ocasião. Se a exclusão do ministério não bastava a explicar a renúncia da cadeira, outra perda a ajudava. Já têm notícia do desastre político; sabem que houve crise ministerial que o conselheiro *** recebeu do Imperador o encargo de organizar um gabinete, e que a diligência de um certo B... conseguiu meter nele um certo C... A pasta deste foi justamente a de estrangeiros, e o fim secreto da diligência era dar um lugar na galeria do Estado à viúva Pedroso. Esta senhora, não menos gentil que abastada, elegera dias antes para seu marido o recente ministro. Tudo isso iria menos mal, se o Brotero não cobiçasse ambas as fortunas, a pasta e a viúva; mas, cobiçá-las, cortejá-las e perdê-las, sem que ao menos uma viesse consolá-lo da perda da outra, digam-me francamente se não era bastante a explicar a renúncia do nosso amigo?

Brotero releu a carta, dobrou-a, encapou-a, sobrescritou-a; depois atirou-a a um lado, para remetê-la no dia seguinte. O destino lançara os dados. César transpunha o Rubicão, mas em sentido inverso. Que fique Roma com os seus novos cônsules e patrícias ricas e volúveis! Ele volve à região dos obscuros; não quer gastar o aço em pelejas de aparato, sem utilidade nem grandeza. Reclinou-se na cadeira e fechou o rosto na mão. Tinha os olhos vermelhos quando se levantou; e levantou-se, porque ouviu bater quatro horas, e recomeçar a procissão dos relógios, a cruel e implicante monotonia das pêndulas. Uma, duas, três, quatro...

Não tinha sono; não tentou sequer meter-se na cama. Entrou a andar de um lado para outro, passeando, planeando, relembrando. De memória em memória, reconstruiu as ilusões de outro tempo, comparou-as com as sensações de hoje, e achou-se roubado. Voluptuoso até na dor, mirou afincadamente essas ilusões perdidas, como uma velha contempla as suas fotografias da mocidade. Lembrou-se de um amigo que lhe dizia que, em todas as dificuldades da vida, olhasse para o futuro. Que futuro? Ele não via nada. E foi-se achegando da secretária, onde tinha guardadas as cartas dos amigos, dos amores, dos correligionários políticos, todas as cartas. Já agora não podia conciliar o sono; ia reler esses papéis velhos. Não se relêem livros antigos?

Abriu a gaveta; tirou dois ou três maços e desatou-os. Muitas das cartas estavam encardidas do tempo. Posto nem todos os signatários houvessem morrido, o aspecto geral era de cemitério; donde se pode inferir que, em certo sentido, estavam mortos e enterrados. E ele começou a relê-las, uma a uma, as de dez páginas e os simples bilhetes, mergulhando nesse mar morto de recordações apagadas, negócios pessoais ou públicos, um espetáculo, um baile, dinheiro emprestado, uma intriga, um livro novo, um discurso, uma tolice, uma confidência amorosa. Uma das cartas, assinada Vasconcelos, fê-lo estremecer:

> A L...a, dizia a carta, chegou a São Paulo, anteontem. Custou-me muito e muito obter as tuas cartas, mas alcancei-as, e daqui a uma semana estarão contigo; levo-as eu mesmo. Quanto ao que me dizes na tua de H... estimo que tenhas perdido a tal idéia fúnebre; era um despropósito. Conversaremos à vista.

Esse simples trecho trouxe-lhe uma penca de lembranças. Brotero atirou-se a ler todas as cartas do Vasconcelos. Era um companheiro dos primeiros anos, que naquele tempo cursava a academia, e agora estava de presidente no Piauí. Uma das cartas, muito anterior àquela, dizia-lhe:

> Com que então a L...a agarrou-te deveras? Não faz mal; é boa moça e sossegada. E bonita, maganão! Quanto ao que me dizes do Chico Sousa, não acho que devas ter nenhum escrúpulo; vocês não são amigos; dão-se. E depois, não há adultério. Ele devia saber que quem edifica em terreno devoluto...

Treze dias depois:

> Está bom, retiro a expressão *terreno devoluto*; direi terreno que, por direito divino, humano e diabólico, pertence ao meu amigo Brotero. Estás satisfeito?

Outra, no fim de duas semanas:

> Dou-te a minha palavra de honra que não há no que disse a menor falta de respeito aos teus sentimentos; gracejei, por supor que a tua paixão não era tão séria. O dito por não dito. Custa pouco mudar de estilo, e custa muito perder um amigo, como tu...

Quatro ou cinco cartas referiam-se às suas efusões amorosas. Nesse intervalo, o Chico Sousa farejou a aventura e deixou a L...a; e o nosso amigo narrou o lance ao Vasconcelos, contente de a possuir sozinho. O marido logo felicitou-o, mas fez-lhe um reparo.

> ... Acho-te exigente e transcendente. A cousa mais natural do mundo é que essa moça, perdendo um homem a quem devia atenções e que lhe dera certo relevo, recebesse com alguma dor o golpe. Saudade, infidelidade, dizes tu. Realmente, é demais. Isso não prova senão que ela sabe ser grata aos benefícios recebidos. Quanto à ordem que lhe deste de não ficar com um só traste, uma só cadeira, um pente, nada do que foi do outro, acho que não a entendi bem. Dizes-me que o fizeste por um sentimento de dignidade; acredito. Mas não será também um pouco de ciúme retrospectivo? Creio que sim. Se a saudade é uma infidelidade, o leque é um beijo; e tu não queres beijos nem saudades em casa. São maneiras de ver...

Brotero ia assim relendo a aventura, um capítulo inteiro da vida não muito longo, é verdade, mas cálido e vivo. As cartas abrangiam um período de dez meses; desde o sexto mês começaram os arrufos, as crises, as ameaças de separação. Ele era ciumento; ela professava o aforismo de que o ciúme significa falta de confiança; chegava mesmo a repetir esta sentença vulgar e enigmática: "zelos, sim, ciúmes, nunca". E dava de ombros, quando o amante mostrava uma suspeita qualquer, ou lhe fazia alguma exigência.

Então ele excedia-se; e aí vinham as cenas de irritação, de reproches, de ameaças, e por fim de lágrimas. Brotero às vezes deixava a casa, jurando não voltar mais; e voltava logo no dia seguinte, contrito e manso. Vasconcelos reprimia-o de longe; e, em relação às deixadas e tornadas, dizia-lhe uma vez:

> Má política, Brotero; ou lê o livro até o fim, ou fecha-o de uma vez; abri-lo e fechá-lo, fechá-lo e abri-lo é mau, porque traz sempre a necessidade de reler o capítulo anterior para ligar o sentido, e livros relidos são livros eternos.

A isto respondia o Brotero que sim, que ele tinha razão, que ia emendar-se de uma vez, tanto mais que agora viviam como os anjos no céu.

Os anjos dissolveram a sociedade. Parece que o anjo L...a, exausto da perpétua antífona, ouviu cantar Dáfnis e Cloé, cá embaixo, e desceu a ver o que é que podiam dizer tão melodiosamente as duas criaturas. Dáfnis vestia então uma casaca e uma comenda, administrava um banco, e pintava-se; o anjo repetiu-lhe a lição de Cloé; adivinha-se o resto. As cartas de Vasconcelos neste período eram de consolação e filosofia. Brotero lembrou-se de tudo o que padeceu, das imprudências que praticou, dos desvarios que lhe trouxe aquela evasão de uma mulher, que realmente o tinha nas mãos. Tudo empregara para reavê-la e tudo falhara. Quis ver as cartas que lhe escreveu por este tempo, e que o Vasconcelos, mais tarde, pôde alcançar dela em São Paulo e foi à gaveta onde as guardara com as outras. Era um maço atado com fita preta. Brotero sorriu da fita preta; deslaçou o maço e abriu as cartas. Não saltou nada, data ou vírgula; leu tudo, explicações, imprecações, súplicas, promessas de amor e paz, uma fraseologia incoerente e humilhante. Nada faltava a essas cartas; lá estava o infinito, o abismo, o eterno. Um dos *eternos*, escrito na dobra do papel, não se chegava a ler, mas supunha-se. A frase era esta: "Um só minuto do teu amor, e estou pronto a padecer um suplício et..." Uma traça bifara o resto da palavra; comeu o *eterno* e deixou o *minuto*. Não se pode saber a que atribuir essa preferência, se à voracidade, se à filosofia das traças. A primeira causa é mais provável; ninguém ignora que as traças comem muito.

A última carta falava de suicídio. Brotero, ao reler esse tópico, sentiu uma cousa indefinível, chamemos-lhe o "calafrio do ridículo evitado". Realmente se ele se houvesse eliminado, não teria o presente desgosto político e pessoal; mas o que não diriam dele nos pasmatórios da rua do Ouvidor, nas conversações à mesa? Viria tudo à rua, viria mais alguma cousa; chamar-lhe-iam frouxo, insensato, libidinoso, e depois falariam de outro assunto, uma ópera, por exemplo.

– Uma, duas, três, quatro, cinco, principiaram a dizer os relógios.

Brotero recolheu as cartas, fechou-as uma a uma, emaçou-as, atou-as e meteu-as na gaveta. Enquanto fazia esse trabalho, e ainda alguns minutos depois, deu-se a um esforço interessante: reaver a sensação perdida. Tinha recomposto mentalmente o episódio, queria agora recompô-lo cordialmente; e o fim não era outro senão cotejar o efeito e a causa, e saber se a idéia do suicídio tinha sido um produto natural da crise. Logicamente, assim era; mas Brotero não queria julgar através do raciocínio e sim da sensação.

Imaginai um soldado a quem uma bala levasse o nariz, e que, acabada a batalha, fosse procurar no campo o desgraçado apêndice. Suponhamos que o acha entre um grupo de braços e pernas; pega dele, levanta-o entre os dedos – mira-o, examina-o, é o seu próprio... Mas é um nariz ou um cadáver de nariz? Se o dono lhe puser diante os mais finos perfumes da Arábia, receberá em si mesmo a sensação do aroma? Não: esse cadáver de nariz nunca mais lhe transmitirá nenhum cheiro bom ou mau; pode levá-lo para casa, preservá-lo, embalsamá-lo; é o mesmo. A própria ação de assoar o nariz, embora ele a veja e compreenda nos outros, nunca mais há de podê-la compreender em si, não chegará a reconhecer que efeito lhe causava o contato da ponta do nariz com o lenço. Racionalmente, sabe o que é; sensorialmente, não saberá mais nada.

"Nunca mais? pensou o Brotero... Nunca mais poderei..."

Não podendo obter a sensação extinta, cogitou se não aconteceria o mesmo à sensação presente, isto é, se a crise política e pessoal, tão dura de roer agora, não teria algum dia tanto valor como os velhos diários, em que se houvesse dado a notícia do novo gabinete e do casamento da viúva. Brotero acreditou que sim. Já então a arraiada vinha clareando o céu. Brotero ergueu-se; pegou da carta que escrevera ao presidente do conselho, e chegou-a à vela; mas recuou a tempo.

"Não, disse ele consigo; juntemo-la aos outros papéis velhos; inda há de ser um nariz cortado."

RELÍQUIAS
DE CASA VELHA

PAI CONTRA MÃE

A escravidão levou consigo ofícios e aparelhos, como terá sucedido a outras instituições sociais. Não cito alguns aparelhos senão por se ligarem a certo ofício. Um deles era o ferro ao pescoço, outro o ferro ao pé; havia também a máscara de folha-de-flandres. A máscara fazia perder o vício da embriaguez aos escravos, por lhes tapar a boca. Tinha só três buracos, dous para ver, um para respirar, e era fechada atrás da cabeça por um cadeado. Com o vício de beber, perdiam a tentação de furtar, porque geralmente era dos vinténs do senhor que eles tiravam com que matar a sede, e aí ficavam dous pecados extintos, e a sobriedade e a honestidade certas. Era grotesca tal máscara, mas a ordem social e humana nem sempre se alcança sem o grotesco, e alguma vez o cruel. Os funileiros as tinham penduradas, à venda, na porta das lojas. Mas não cuidemos de máscaras.

O ferro ao pescoço era aplicado aos escravos fujões. Imaginai uma coleira grossa, com a haste grossa também, à direita ou à esquerda, até ao alto da cabeça e fechada atrás com chave. Pesava, naturalmente, mas era menos castigo que sinal. Escravo que fugia assim, onde quer que andasse, mostrava um reincidente, e com pouco era pegado.

Há meio século, os escravos fugiam com freqüência. Eram muitos, e nem todos gostavam da escravidão. Sucedia ocasionalmente apanharem pancada, e nem todos gostavam de apanhar pancada. Grande parte era apenas repreendida; havia alguém de casa que servia de padrinho, e o mesmo dono não era mau; além disso, o sentimento da propriedade moderava a ação, porque dinheiro também dói. A fuga repetia-se, entretanto. Casos houve, ainda que raros, em que o escravo de contrabando, apenas comprado no Valongo, deitava a correr, sem conhecer as ruas da cidade. Dos que seguiam para casa, não raros, apenas ladinos, pediam ao senhor que lhes marcasse aluguel, e iam ganhá-lo fora, quitandando.

Quem perdia um escravo por fuga dava algum dinheiro a quem lho levasse. Punha anúncios nas folhas públicas, com os sinais do fugido, o nome, a roupa, o defeito físico, se o tinha, o bairro por onde andava e a quantia de gratificação. Quando não vinha a quantia, vinha promessa: "gratificar-se-á generosamente" – ou "receberá uma boa gratificação". Muita vez o anúncio trazia em cima ou ao lado uma vinheta, figura de preto, descalço, correndo, vara ao ombro, e na ponta uma trouxa. Protestava-se com todo o rigor da lei contra quem o acoutasse.

Ora, pegar escravos fugidos era um ofício do tempo. Não seria nobre, mas por ser instrumento da força com que se mantêm a lei e a propriedade, trazia esta outra nobreza implícita das ações reivindicadoras. Ninguém se metia em tal ofício por desfastio ou estudo; a pobreza, a necessidade de uma achega, a inaptidão para outros trabalhos, o acaso, e alguma vez o gosto de servir também, ainda que por outra via, davam o impulso ao homem que se sentia bastante rijo para pôr ordem à desordem.

Cândido Neves – em família, Candinho – é a pessoa a quem se liga a história de uma fuga, cedeu à pobreza, quando adquiriu o ofício de pegar escravos fugidos. Tinha um defeito grave esse homem, não agüentava emprego nem ofício, carecia de estabilidade; é o que ele chamava caiporismo. Começou por querer aprender tipografia, mas viu cedo que era preciso algum tempo para compor bem, e ainda assim talvez não ganhasse o bastante; foi o que ele disse a si mesmo. O comércio chamou-lhe a atenção, era carreira boa. Com algum esforço entrou de caixeiro para um armarinho. A obrigação, porém, de atender e servir a todos feria-o na corda do orgulho, e ao cabo de cinco ou seis semanas estava na rua por sua vontade. Fiel de cartório, contínuo de uma repartição anexa ao Ministério do Império, carteiro e outros empregos foram deixados pouco depois de obtidos.

Quando veio a paixão da moça Clara, não tinha ele mais que dívidas, ainda que poucas, porque morava com um primo, entalhador de ofício. Depois de várias tentativas para obter emprego, resolveu adotar o ofício do primo, de que aliás já tomara algumas lições. Não lhe custou apanhar outras, mas, querendo aprender depressa, aprendeu mal. Não fazia obras finas nem complicadas, apenas garras para sofás e relevos comuns para cadeiras. Queria ter em que trabalhar quando casasse, e o casamento não se demorou muito.

Contava trinta anos, Clara vinte e dous. Ela era órfã, morava com uma tia, Mônica, e cosia com ela. Não cosia tanto que não namorasse o seu pouco, mas os namorados apenas queriam matar o tempo; não tinham outro empenho. Passavam às tardes, olhavam muito para ela, ela para eles, até que a noite a fazia recolher para a costura. O que ela notava é que nenhum deles lhe deixava saudades nem lhe acendia desejos. Talvez nem soubesse o nome de muitos. Queria casar, naturalmente. Era, como lhe dizia a tia, um pescar de caniço, a ver se o peixe pegava, mas o peixe passava de longe; algum que parasse, era só para andar à roda da isca, mirá-la, cheirá-la, deixá-la e ir a outras.

O amor traz sobrescritos. Quando a moça viu Cândido Neves, sentiu que era este o possível marido, o marido verdadeiro e único. O encontro deu-se em um baile; tal foi – para lembrar o primeiro ofício do namorado –, tal foi a página inicial daquele livro, que tinha de sair mal composto e pior brochado. O casamento fez-se onze meses depois, e foi a mais bela festa das relações dos noivos. Amigas de Clara, menos por amizade que por inveja, tentaram arredá-la do passo que ia dar. Não negavam a gentileza do noivo, nem o amor que lhe tinha, nem ainda algumas virtudes; diziam que era dado em demasia a patuscadas.

– Pois ainda bem, replicava a noiva; ao menos, não caso com defunto.

– Não, defunto não; mas é que…

Não diziam o que era. Tia Mônica, depois do casamento, na casa pobre onde eles se foram abrigar, falou-lhes uma vez nos filhos possíveis. Eles queriam um, um só, embora viesse agravar a necessidade.

– Vocês, se tiverem um filho, morrem de fome, disse a tia à sobrinha.

– Nossa Senhora nos dará de comer, acudiu Clara.

Tia Mônica devia ter-lhes feito a advertência, ou ameaça, quando ele lhe foi pedir a mão da moça; mas também ela era amiga de patuscadas, e o casamento seria uma festa, como foi.

A alegria era comum aos três. O casal ria a propósito de tudo. Os mesmos nomes eram objeto de trocados, Clara, Neves, Cândido; não davam que comer, mas davam que rir, e o riso digeria-se sem esforço. Ela cosia agora mais, ele saía a empreitadas de uma cousa e outra; não tinha emprego certo.

Nem por isso abriam mão do filho. O filho é que, não sabendo daquele desejo específico, deixava-se estar escondido na eternidade. Um dia, porém, deu sinal de si a criança; varão ou fêmea, era o fruto abençoado que viria trazer ao casal a suspirada ventura. Tia Mônica ficou desorientada, Cândido e Clara riram dos seus sustos.

– Deus nos há de ajudar, titia, insistia a futura mãe.

A notícia correu de vizinha a vizinha. Não houve mais que espreitar a aurora do dia grande. A esposa trabalhava agora com mais vontade, e assim era preciso, uma vez que, além das costuras pagas, tinha de ir fazendo com retalhos o enxoval da criança. À força de pensar nela, vivia já com ela, media-lhe fraldas, cosia-lhe camisas. A porção era escassa, os intervalos longos. Tia Mônica ajudava, é certo, ainda que de má vontade.

— Vocês verão a triste vida, suspirava ela.

— Mas as outras crianças não nascem também? perguntou Clara.

— Nascem, e acham sempre alguma cousa certa que comer, ainda que pouco...

— Certa como?

— Certa, um emprego, um ofício, uma ocupação, mas em que é que o pai dessa infeliz criatura que aí vem gasta o tempo?

Cândido Neves, logo que soube daquela advertência, foi ter com a tia, não áspero, mas muito menos manso que de costume, e lhe perguntou se já algum dia deixara de comer.

— A senhora ainda não jejuou senão pela Semana Santa, e isso mesmo quando não quer jantar comigo. Nunca deixamos de ter o nosso bacalhau...

— Bem sei, mas somos três.

— Seremos quatro.

— Não é a mesma cousa.

— Que quer então que eu faça, além do que faço?

— Alguma cousa mais certa. Veja o marceneiro da esquina, o homem do armarinho, o tipógrafo que casou sábado, todos têm um emprego certo... Não fique zangado; não digo que você seja vadio, mas a ocupação que escolheu é vaga. Você passa semanas sem vintém.

— Sim, mas lá vem uma noite que compensa tudo, até de sobra. Deus não me abandona, e preto fugido sabe que comigo não brinca, que se nenhum resiste, muitos entregam-se logo.

Tinha glória nisto, falava da esperança como de capital seguro. Daí a pouco ria, e fazia rir à tia, que era naturalmente alegre, e previa uma patuscada no batizado.

Cândido Neves perdera já o ofício de entalhador, como abrira mão de outros muitos, melhores ou piores. Pegar escravos fugidos trouxe-lhe um encanto novo. Não obrigava a estar longas horas sentado. Só exigia força, olho vivo, paciência, coragem e um pedaço de corda. Cândido Neves lia os anúncios, copiava-os, metia-os no bolso e saía às pesquisas. Tinha boa memória. Fixados os sinais e os costumes de um escravo fugido, gastava pouco tempo em achá-lo, segurá-lo, amarrá-lo e levá-lo. A força era muita, a agilidade também. Mais de uma vez, a uma esquina, conversando de cousas remotas, via passar um escravo como os outros, e descobria logo que ia fugido, quem era, o nome, o dono, a casa deste e a gratificação; interrompia a conversa e ia atrás do vicioso. Não o apanhava logo, espreitava lugar azado, e de um salto tinha a gratificação nas mãos. Nem sempre saía sem sangue, as unhas e os dentes do outro trabalhavam, mas geralmente ele os vencia sem o menor arranhão.

Um dia os lucros entraram a escassear. Os escravos fugidos não vinham já, como dantes, meter-se nas mãos de Cândido Neves. Havia mãos novas e hábeis. Como o negócio crescesse, mais de um desempregado pegou em si e numa corda, foi aos jornais, copiou anúncios e deitou-se à caçada. No próprio bairro havia mais de um competidor. Quer dizer que as dívidas de Cândido Neves começaram de subir, sem aqueles pagamentos prontos ou quase prontos dos primeiros tempos. A vida fez-se difícil e dura. Comia-se fiado e mal; comia-se tarde. O senhorio mandava pelos aluguéis.

Clara não tinha sequer tempo de remendar a roupa ao marido, tanta era a necessidade de coser para fora. Tia Mônica ajudava a sobrinha, naturalmente. Quando ele chegava à tarde, via-se-lhe pela cara que não trazia vintém. Jantava e saía outra vez, à cata de algum fugido. Já lhe sucedia, ainda que raro, enganar-se de pessoa, e pegar em escravo fiel que ia a serviço de seu senhor; tal era a cegueira da necessidade. Certa vez capturou um preto livre; desfez-se em desculpas, mas recebeu grande soma de murros que lhe deram os parentes do homem.

– É o que lhe faltava! exclamou tia Mônica, ao vê-lo entrar, e depois de ouvir narrar o equívoco e suas conseqüências. Deixe-se disso, Candinho; procure outra vida, outro emprego.

Cândido quisera efetivamente fazer outra cousa, não pela razão do conselho, mas por simples gosto de trocar de ofício; seria um modo de mudar de pele ou de pessoa. O pior é que não achava à mão negócio que aprendesse depressa.

A natureza ia andando, o feto crescia, até fazer-se pesado à mãe, antes de nascer. Chegou o oitavo mês, mês de angústias e necessidades, menos ainda que o nono, cuja narração dispenso também. Melhor é dizer somente os seus efeitos. Não podiam ser mais amargos.

– Não, tia Mônica! bradou Candinho, recusando um conselho que me custa escrever, quanto mais ao pai ouvi-lo. Isso nunca!

Foi na última semana do derradeiro mês que a tia Mônica deu ao casal o conselho de levar a criança que nascesse à Roda dos Enjeitados. Em verdade, não podia haver palavra mais dura de tolerar a dous jovens pais que espreitavam a criança, para beijá-la, guardá-la, vê-la rir, crescer, engordar, pular... Enjeitar quê? Enjeitar como? Candinho arregalou os olhos para a tia, e acabou dando um murro na mesa de jantar. A mesa, que era velha e desconjuntada, esteve quase a se desfazer inteiramente. Clara interveio.

– Titia não fala por mal, Candinho.

– Por mal? replicou tia Mônica. Por mal ou por bem, seja o que for, digo que é o melhor que vocês podem fazer. Vocês devem tudo; a carne e o feijão vão faltando. Se não aparecer algum dinheiro, como é que a família há de aumentar? E depois, há tempo; mais tarde, quando o senhor tiver a vida mais segura, os filhos que vierem serão recebidos com o mesmo cuidado que este ou maior. Este será bem-criado, sem lhe faltar nada. Pois então a Roda é alguma praia ou monturo? Lá não se mata ninguém, ninguém morre à toa, enquanto que aqui é certo morrer, se viver à míngua. Enfim...

Tia Mônica terminou a frase com um gesto de ombros, deu as costas e foi meter-se na alcova. Tinha já insinuado aquela solução, mas era a primeira vez que o fazia com tal franqueza e calor – crueldade, se preferes. Clara estendeu a mão ao marido, como a amparar-lhe o ânimo; Cândido Neves fez uma careta, e chamou maluca à tia, em voz baixa. A ternura dos dous foi interrompida por alguém que batia à porta da rua.

– Quem é? perguntou o marido.
– Sou eu.

Era o dono da casa, credor de três meses de aluguel, que vinha em pessoa ameaçar o inquilino. Este quis que ele entrasse.

– Não é preciso...
– Faça favor.

O credor entrou e recusou sentar-se; deitou os olhos à mobília para ver se daria algo à penhora; achou que pouco. Vinha receber os aluguéis vencidos, não podia esperar mais; se dentro de cinco dias não fosse pago, pô-lo-ia na rua. Não havia trabalhado para regalo dos outros. Ao vê-lo, ninguém diria que era proprietário; mas a palavra supria o que faltava ao gesto, e o pobre

Cândido Neves preferiu calar a retórica. Pôs uma inclinação de promessa e súplica ao mesmo tempo. O dono da casa não cedeu mais.

– Cinco dias ou rua! repetiu, metendo a mão no ferrolho da porta e saindo.

Candinho saiu por outro lado. Nesses lances não chegava nunca ao desespero, contava com algum empréstimo, não sabia como nem onde, mas contava. Demais, recorreu aos anúncios. Achou vários, alguns já velhos, mas em vão os buscava desde muito. Gastou algumas horas sem proveito e tornou para casa. Ao fim de quatro dias, não achou recursos; lançou mão de empenhos, foi a pessoas amigas do proprietário, não alcançando mais que a ordem de mudança.

A situação era aguda. Não achavam casa, nem contavam com pessoa que lhes emprestasse alguma; era ir para a rua. Não contavam com a tia. Tia Mônica teve arte de alcançar aposento para os três em casa de uma senhora velha e rica, que lhe prometeu emprestar os quartos baixos da casa, ao fundo da cocheira, para os lados de um pátio. Teve ainda a arte maior de não dizer nada aos dous, para que Cândido Neves, no desespero da crise, começasse por enjeitar o filho e acabasse alcançando algum meio seguro e regular de obter dinheiro; emendar a vida, em suma. Ouvia as queixas de Clara, sem as repetir, é certo, mas sem as consolar. No dia em que fossem obrigados a deixar a casa, fá-los-ia espantar com a notícia do obséquio e iriam dormir melhor do que cuidassem.

Assim sucedeu. Postos fora da casa, passaram ao aposento de favor, e dous dias depois nasceu a criança. A alegria do pai foi enorme, e a tristeza também. Tia Mônica insistiu em dar a criança à Roda. "Se você não a quer levar, deixe isso comigo; eu vou à rua dos Barbonos." Cândido Neves pediu que não, que esperasse, que ele mesmo a levaria. Notai que era um menino, e que ambos os pais desejavam justamente este sexo. Mal lhe deram algum leite; mas, como chovesse à noite, assentou o pai levá-lo à Roda na noite seguinte.

Naquela reviu todas as suas notas de escravos fugidos. As gratificações pela maior parte eram promessas; algumas traziam a soma escrita e escassa. Uma, porém, subia a cem mil-réis. Tratava-se de uma mulata; vinham indicações de gesto e de vestido. Cândido Neves andara a pesquisá-la sem melhor fortuna, e abrira mão do negócio; imaginou que algum amante da escrava a houvesse recolhido. Agora, porém, a vista nova da quantia e a necessidade dela animaram Cândido Neves a fazer um grande esforço derradeiro. Saiu de manhã a ver e indagar pela rua e largo da Carioca, rua do Parto e da Ajuda, onde ela parecia andar, segundo o anúncio. Não a achou; apenas um farmacêutico da rua da Ajuda se lembrava de ter vendido uma onça de qualquer droga, três dias antes, à pessoa que tinha os sinais indicados. Cândido Neves parecia falar como dono da escrava e agradeceu cortesmente a notícia. Não foi mais feliz com outros fugidos de gratificação incerta ou barata.

Voltou para a triste casa que lhe haviam emprestado. Tia Mônica arranjara de si mesma a dieta para a recente mãe, e tinha já o menino para ser levado à Roda. O pai, não obstante o acordo feito, mal pôde esconder a dor do espetáculo. Não quis comer o que tia Mônica lhe guardara; não tinha fome, disse, e era verdade. Cogitou mil modos de ficar com o filho; nenhum prestava. Não podia esquecer o próprio albergue em que vivia. Consultou a mulher, que se mostrou resignada. Tia Mônica pintara-lhe a criação do menino; seria maior miséria, podendo suceder que o filho achasse a morte sem recurso. Cândido Neves foi obrigado a cumprir a promessa; pediu à mulher que desse ao filho o resto do leite que ele beberia da mãe. Assim se fez; o pequeno adormeceu, o pai pegou dele e saiu na direção da rua dos Barbonos.

Que pensasse mais de uma vez em voltar para casa com ele, é certo; não menos certo é que o agasalhava muito, que o beijava, que lhe cobria o rosto para preservá-lo do sereno. Ao entrar na rua da Guarda Velha, Cândido Neves começou a afrouxar o passo.

– Hei de entregá-lo o mais tarde que puder, murmurou ele.

Mas não sendo a rua infinita ou sequer longa, viria a acabá-la; foi então que lhe ocorreu entrar por um dos becos que ligavam aquela à rua da Ajuda. Chegou ao fim do beco e, indo a dobrar à direita, na direção do largo da Ajuda, viu do lado oposto um vulto de mulher; era a mulata fugida. Não dou aqui a comoção de Cândido Neves por não podê-lo fazer com a intensidade real. Um adjetivo basta; digamos enorme. Descendo a mulher, desceu ele também; a poucos passos estava a farmácia onde obtivera a informação, que referi acima. Entrou, achou o farmacêutico, pediu-lhe a fineza de guardar a criança por um instante; viria buscá-la sem falta.

– Mas...

Cândido Neves não lhe deu tempo de dizer nada; saiu rápido, atravessou a rua, até ao ponto em que pudesse pegar a mulher sem dar alarma. No extremo da rua, quando ela ia a descer a de São José, Cândido Neves aproximou-se dela. Era a mesma, era a mulata fujona.

– Arminda! bradou, conforme a nomeava o anúncio.

Arminda voltou-se sem cuidar malícia. Foi só quando ele, tendo tirado o pedaço de corda da algibeira, pegou dos braços da escrava, que ela compreendeu e quis fugir. Era já impossível. Cândido Neves, com as mãos robustas, atava-lhe os pulsos e dizia que andasse. A escrava quis gritar, parece que chegou a soltar alguma voz mais alta que de costume, mas entendeu logo que ninguém viria libertá-la, ao contrário. Pediu então que a soltasse pelo amor de Deus.

— Estou grávida, meu senhor! exclamou. Se Vossa Senhoria tem algum filho, peço-lhe por amor dele que me solte; eu serei sua escrava, vou servi-lo pelo tempo que quiser. Me solte, meu senhor moço!

— Siga! repetiu Cândido Neves.

— Me solte!

— Não quero demoras; siga!

Houve aqui luta, porque a escrava, gemendo, arrastava-se a si e ao filho. Quem passava ou estava à porta de uma loja, compreendia o que era e naturalmente não acudia. Arminda ia alegando que o senhor era muito mau, e provavelmente a castigaria com açoutes — cousa que, no estado em que ela estava, seria pior de sentir. Com certeza, ele lhe mandaria dar açoutes.

— Você é que tem culpa. Quem lhe manda fazer filhos e fugir depois? perguntou Cândido Neves.

Não estava em maré de riso, por causa do filho que lá ficara na farmácia, à espera dele. Também é certo que não costumava dizer grandes cousas. Foi arrastando a escrava pela rua dos Ourives, em direção à da Alfândega, onde residia o senhor. Na esquina desta a luta cresceu; a escrava pôs os pés à parede, recuou com grande esforço, inutilmente. O que alcançou foi, apesar de ser a casa próxima, gastar mais tempo em lá chegar do que devera. Chegou, enfim, arrastada, desesperada, arquejando. Ainda ali ajoelhou-se, mas em vão. O senhor estava em casa, acudiu ao chamado e ao rumor.

– Aqui está a fujona, disse Cândido Neves.
– É ela mesma.
– Meu senhor!
– Anda, entra…

Arminda caiu no corredor. Ali mesmo o senhor da escrava abriu a carteira e tirou os cem mil-réis de gratificação. Cândido Neves guardou as duas notas de cinqüenta mil-réis, enquanto o senhor novamente dizia à escrava que entrasse. No chão, onde jazia, levada do medo e da dor, e após algum tempo de luta a escrava abortou.

O fruto de algum tempo entrou sem vida neste mundo, entre os gemidos da mãe e os gestos de desespero do dono. Cândido Neves viu todo esse espetáculo. Não sabia que horas eram. Quaisquer que fossem, urgia correr à rua da Ajuda, e foi o que ele fez sem querer conhecer as conseqüências do desastre.

Quando lá chegou, viu o farmacêutico sozinho, sem o filho que lhe entregara. Quis esganá-lo. Felizmente, o farmacêutico explicou tudo a tempo; o menino estava lá dentro com a família, e ambos entraram. O pai recebeu o filho com a mesma fúria com que pegara a escrava fujona de há pouco, fúria diversa, naturalmente, fúria de amor. Agradeceu depressa e mal, e saiu às carreiras, não para a Roda dos Enjeitados, mas para a casa de empréstimo, com o filho e os cem mil-réis de gratificação. Tia Mônica, ouvida a explicação, perdoou a volta do pequeno, uma vez que trazia os cem mil-réis. Disse, é verdade, algumas palavras duras contra a escrava, por causa do aborto, além da fuga. Cândido Neves, beijando o filho, entre lágrimas verdadeiras, abençoava a fuga e não se lhe dava do aborto.

"Nem todas as crianças vingam", bateu-lhe o coração.

MARIA CORA

I

Uma noite, voltando para casa, trazia tanto sono que não dei corda ao relógio. Pode ser também que a vista de uma senhora que encontrei em casa do comendador T... contribuísse para aquele esquecimento; mas estas duas razões destroem-se. Cogitação tira o sono e o sono impede a cogitação; só uma das causas devia ser verdadeira. Ponhamos que nenhuma, e fiquemos no principal, que é o relógio parado, de manhã, quando me levantei, ouvindo dez horas no relógio da casa.

Morava então (1893) em uma casa de pensão no Catete. Já por esse tempo este gênero de residência florescia no Rio de Janeiro. Aquela era pequena e tranqüila. Os quatrocentos contos de réis permitiam-me casa exclusiva e própria; mas, em primeiro lugar, já eu ali residia quando os adquiri, por jogo de praça; em segundo lugar, era um solteirão de quarenta anos, tão afeito à vida de hospedaria que me seria impossível morar só. Casar não era menos impossível. Não é que me faltassem noivas. Desde os fins de 1891 mais de uma dama – e não das menos belas – olhou para mim com olhos brandos e amigos. Uma das filhas do Comendador tratava-me com particular atenção. A nenhuma dei corda; o celibato era a minha alma, a minha vocação, o meu costume, a minha única ventura. Amaria de empreitada e por desfastio. Uma ou duas aventuras por ano bastavam a um coração meio inclinado ao ocaso e à noite.

Talvez por isso dei alguma atenção à senhora que vi em casa do Comendador, na véspera. Era uma criatura morena, robusta, vinte e oito a trinta anos, vestida de escuro; entrou às dez horas, acompanhada de uma tia velha. A recepção que lhe fizeram foi mais cerimoniosa que as outras; era a primeira vez que ali ia. Eu, era a terceira. Perguntei se era viúva.

– Não; é casada.
– Com quem?
– Com um estancieiro do Rio Grande.
– Chama-se?
– Ele? Fonseca, ela Maria Cora.
– O marido não veio com ela?

— Está no Rio Grande.

Não soube mais nada; mas a figura da dama interessou-me pelas graças físicas, que eram o oposto do que poderiam sonhar poetas românticos e artistas seráficos. Conversei com ela alguns minutos, sobre cousas indiferentes — mas suficientes para escutar-lhe a voz, que era musical, e saber que tinha opiniões republicanas. Vexou-me confessar que não as professava de espécie alguma; declarei-me vagamente pelo futuro do país. Quando ela falava, tinha um modo de umedecer os beiços, não sei se casual, mas gracioso e picante. Creio que, vistas assim ao pé, as feições não eram tão corretas como pareciam à distância, mas eram mais suas, mais originais.

II

De manhã tinha o relógio parado. Chegando à cidade, desci a rua do Ouvidor, até à da Quitanda, e indo a voltar à direita, para ir ao escritório do meu advogado, lembrou-me ver que horas eram. Não me acudiu que o relógio estava parado.

— Que maçada! exclamei.

Felizmente, naquela mesma rua da Quitanda, à esquerda, entre as do Ouvidor e Rosário, era a oficina onde eu comprara o relógio, e a cuja pêndula usava acertá-lo. Em vez de ir para um lado, fui para outro. Era apenas meia hora, dei corda ao relógio, acertei-o, troquei duas palavras com o oficial que estava ao balcão, e indo a sair, vi à porta de uma loja de novidades que ficava defronte, nem mais nem menos que a senhora de escuro que encontrara em casa do Comendador. Cumprimentei-a, ela correspondeu depois de alguma hesitação, como se me não houvesse reconhecido logo, e depois seguiu pela rua da Quitanda fora, ainda para o lado esquerdo.

Como tivesse algum tempo ante mim (pouco menos de trinta minutos), dei-me a andar atrás de Maria Cora. Não digo que uma força violenta me levasse já, mas não posso esconder que cedia a qualquer impulso de curiosidade e desejo; era também um resto da juventude passada. Na rua, andando, vestida de escuro, como na véspera, Maria Cora pareceu-me ainda melhor. Pisava forte, não apressada nem lenta, o bastante para deixar ver e admirar as belas formas, mui mais corretas que as linhas do rosto. Subiu a rua do Hospício, até uma oficina de ocularista, onde entrou e ficou dez minutos ou mais. Deixei-me estar a distância, fitando a porta disfarçadamente. Depois saiu, arrepiou caminho, e dobrou a rua dos Ourives, até à do Rosário, por onde subiu até ao largo da Sé; daí passou ao de São Francisco de Paula. Todas essas reminiscências parecerão escusadas, senão aborrecíveis; a mim dão-me uma sensação intensa e particular, são os primeiros passos de uma carreira penosa e longa. Demais, vereis por aqui que ela evitava subir a rua do Ouvidor, que todos e todas buscariam àquela ou a outra hora para ir ao largo de São Francisco de Paula. Foi atravessando o largo, na direção da Escola Politécnica, mas a meio caminho veio ter com ela um carro que estava parado defronte da Escola; meteu-se nele, e o carro partiu.

A vida tem suas encruzilhadas, como outros caminhos da terra. Naquele momento achei-me diante de uma assaz complicada, mas não tive tempo de escolher direção – nem tempo nem liberdade. Ainda agora não sei como é que me vi dentro de um tílburi; é certo que me vi nele, dizendo ao cocheiro que fosse atrás do carro.

Maria Cora morava no Engenho Velho; era uma boa casa, sólida, posto que antiga, dentro de uma chácara. Vi que morava ali, porque a tia estava a uma das janelas. Demais, saindo do carro, Maria Cora disse ao cocheiro (o meu tílburi ia passando adiante) que naquela semana não sairia mais e que aparecesse segunda-feira ao meio-dia. Em seguida, entrou pela chácara, como dona dela, e parou a falar ao feitor, que lhe explicava alguma cousa com o gesto.

Voltei depois que ela entrou em casa, e só muito abaixo é que me lembrou de ver as horas; era quase uma e meia. Vim a trote largo até à rua da Quitanda, onde me apeei à porta do advogado.

– Pensei que não vinha, disse-me ele.

– Desculpe, doutor, encontrei um amigo que me deu uma maçada.

Não era a primeira vez que mentia na minha vida, nem seria a última.

III

Fiz-me encontradiço com Maria Cora, na casa do Comendador, primeiro, e depois em outras. Maria Cora não vivia absolutamente reclusa, dava alguns passeios e fazia visitas. Também recebia, mas sem dia certo, uma ou outra vez, e apenas cinco a seis pessoas da intimidade. O sentimento geral é que era pessoa de fortes sentimentos e austeros costumes. Acrescentai a isto o espírito, um espírito agudo, brilhante e viril. Capaz de resistências e fadigas, não menos que de violências e combates, era feita, como dizia um poeta que lá ia à casa dela, "de um pedaço de pampa e outro de pampeiro". A imagem era em verso e com rima, mas a mim só me ficou a idéia e o principal das palavras. Maria Cora gostava de ouvir definir-se assim, posto não andasse mostrando aquelas forças a cada passo, nem contando as suas memórias da adolescência. A tia é que contava algumas, com amor, para concluir que lhe saía a ela, que também fora assim na mocidade. A justiça pede que se diga que, ainda agora, apesar de doente, a tia era pessoa de muita vida e robustez.

Com pouco, apaixonei-me pela sobrinha. Não me pesa confessá-lo, pois foi a ocasião da única página da minha vida que merece atenção particular. Vou narrá-la brevemente; não conto novela nem direi mentiras.

Gostei de Maria Cora. Não lhe confiei logo o que sentia, mas é provável que ela o percebesse ou adivinhasse, como todas as mulheres. Se a descoberta ou adivinhação foi anterior à minha ida à casa do Engenho Velho, nem assim deveis censurá-la por me haver convidado a ir ali uma noite. Podia ser-lhe então indiferente a minha disposição moral; podia também gostar de se sentir querida, sem a menor idéia de retribuição. A verdade é que fui essa noite e tornei outras; a tia gostava de mim e dos meus modos. O poeta que lá ia, tagarela e tonto, disse uma vez que estava afinando a lira para o casamento da tia comigo. A tia riu-se; eu, que queria as boas graças dela, não podia deixar de rir também, e o caso foi matéria de conversação por uma semana; mas já então o meu amor à outra tinha atingido ao cume.

Soube, pouco depois, que Maria Cora vivia separada do marido. Tinham casado oito anos antes, por verdadeira paixão. Viveram felizes cinco. Um dia, sobreveio uma aventura do marido que destruiu a paz do casal. João da Fonseca apaixonou-se por uma figura de circo, uma chilena que voava em cima do cavalo, Dolores, e deixou a estância para ir atrás dela. Voltou seis meses depois, curado do amor, mas curado à força, porque a aventureira se enamorou do redator de um jornal, que não tinha vintém, e por ele abandonou Fonseca e a sua prataria. A esposa tinha jurado não aceitar mais o esposo, e tal foi a declaração que lhe fez quando ele apareceu na estância.

– Tudo está acabado entre nós; vamos desquitar-nos.

João da Fonseca teve um primeiro gesto de acordo; era um quadragenário orgulhoso, para quem tal proposta era de si mesma uma ofensa. Durante uma noite tratou dos preparativos para o desquite; mas, na seguinte manhã, a vista das graças da esposa novamente o comoveram*. Então, sem tom implorativo, antes como quem lhe perdoava, entendeu dizer-lhe que deixasse passar uns seis meses. Se ao fim de seis meses persistisse o sentimento atual que inspirava a proposta do desquite, este se faria. Maria Cora não queria aceitar a emenda, mas a tia, que residia em Porto Alegre e fora passar algumas semanas na estância, interveio com boas palavras. Antes de três meses estavam reconciliados.

---

* O autor faz a concordância com "graças" e não com "a vista".

– João, disse-lhe a mulher no dia seguinte ao da reconciliação, você deve ver que o meu amor é maior que o meu ciúme, mas fica entendido que este caso da nossa vida é único. Nem você me fará outra, nem eu lhe perdoarei nada mais.

João da Fonseca achava-se então em um renascimento do delírio conjugal; respondeu à mulher jurando tudo e mais alguma cousa. "Aos quarenta anos", concluiu ele, "não se fazem duas aventuras daquelas, e a minha foi de doer. Você verá, agora é para sempre."

A vida recomeçou tão feliz, como dantes – ele dizia que mais. Com efeito, a paixão da esposa era violenta, e o marido tornou a amá-la como outrora. Viveram assim dous anos. Ao fim desse tempo, os ardores do marido haviam diminuído, alguns amores passageiros vieram meter-se entre ambos. Maria Cora, ao contrário do que lhe dissera, perdoou essas faltas, que aliás não tiveram a extensão nem o vulto da aventura Dolores. Os desgostos, entretanto, apareceram e grandes. Houve cenas violentas. Ela parece que chegou mais de uma vez a ameaçar que se mataria; mas, posto não lhe faltasse o preciso ânimo, não fez tentativa nenhuma, a tal ponto lhe doía deixar a própria causa do mal, que era o marido. João da Fonseca percebeu isto mesmo, e acaso explorou a fascinação que exerce na mulher.

Uma circunstância política veio complicar esta situação moral. João da Fonseca era pelo lado da revolução, dava-se com vários dos seus chefes, e pessoalmente detestava alguns dos contrários. Maria Cora, por laços de família, era adversa aos federalistas. Esta oposição de sentimentos não seria bastante para separá-los, nem se pode dizer que, por si mesma, azedasse a vida dos dous. Embora a mulher, ardente em tudo, não o fosse menos em condenar a revolução, chamando nomes crus aos seus chefes e oficiais; embora o marido, também excessivo, replicasse com igual ódio, os seus arrufos políticos apenas aumentariam os domésticos, e provavelmente não passariam dessa troca de conceitos, se uma nova Dolores, desta vez Prazeres, e não chilena nem saltimbanca, não revivesse os dias amargos de outro tempo. Prazeres era ligada ao partido da revolução, não só pelos sentimentos, como pelas relações da vida com um federalista. Eu a conheci pouco depois, era bela e airosa; João da Fonseca era também um homem gentil e sedutor. Podiam amar-se fortemente, e assim foi. Vieram incidentes, mais ou menos graves, até que um decisivo determinou a separação do casal.

Já cuidavam disto desde algum tempo, mas a reconciliação não seria impossível, apesar da palavra de Maria Cora, graças à intervenção da tia; esta havia insinuado à sobrinha que residisse três ou quatro meses no Rio de Janeiro ou em São Paulo. Sucedeu, porém, uma cousa triste de dizer. O marido, em um momento de desvario, ameaçou a mulher com o rebenque. Outra versão diz que ele tentara esganá-la. Quero crer que a verídica é a primeira, e que a segunda foi inventada para tirar à violência de João da Fonseca o que pudesse haver deprimente e vulgar. Maria Cora não disse mais uma só palavra ao marido. A separação foi imediata, a mulher veio com a tia para o Rio de Janeiro, depois de arranjados amigavelmente os interesses pecuniários. Demais, a tia era rica.

João da Fonseca e Prazeres ficaram vivendo juntos uma vida de aventuras que não importa escrever aqui. Só uma cousa interessa diretamente à minha narração. Tempos depois da separação do casal, João da Fonseca estava alistado entre os revolucionários. A paixão política, posto que forte, não o levaria a pegar em armas, se não fosse uma espécie de desafio da parte de Prazeres; assim correu entre os amigos dele, mas ainda este ponto é obscuro. A versão é que ela, exasperada com o resultado de alguns combates, disse ao estancieiro que iria, disfarçada em homem, vestir farda de soldado e bater-se pela revolução. Era capaz disto; o amante disse-lhe que era uma loucura, ela acabou propondo-lhe que, nesse caso, fosse ele bater-se em vez dela; era uma grande prova de amor que lhe daria.

– Não te tenho dado tantas?

– Tem, sim; mas esta é a maior de todas, esta me fará cativa até à morte.

— Então agora ainda não o ir à morte? perguntou ele rindo.

— Não.

Pode ser que as cousas se passassem assim. Prazeres era, com efeito, uma mulher caprichosa e imperiosa, e sabia prender um homem por laços de ferro. O federalista, de quem se separou para acompanhar João da Fonseca, depois de fazer tudo para reavê-la, passou à campanha oriental, onde dizem que vive pobremente, encanecido e envelhecido vinte anos, sem querer saber de mulheres nem de política. João da Fonseca acabou cedendo; ela pediu para acompanhá-lo, e até bater-se, se fosse preciso; ele negou-lho. A revolução triunfaria em breve, disse; vencidas as forças do governo, tornaria à estância, onde ela o esperaria.

— Na estância, não, respondeu Prazeres; espero-te em Porto Alegre.

IV

Não importa dizer o tempo que despendi nos inícios da minha paixão, mas não foi grande. A paixão cresceu rápida e forte. Afinal, senti-me tão tomado dela que não pude mais guardá-la comigo, e resolvi declarar-lha uma noite; mas a tia, que usava cochilar desde as nove horas (acordava às quatro), daquela vez não pregou olho, e, ainda que o fizesse, é provável que eu não alcançasse falar; tinha a voz presa e na rua senti uma vertigem igual à que me deu a primeira paixão da minha vida.

— Sr. Correia, não vá cair, disse a tia quando eu passei à varanda, despedindo-me.

— Deixe estar, não caio.

Passei mal a noite; não pude dormir mais de duas horas, aos pedaços, e antes das cinco estava em pé.

— É preciso acabar com isto! exclamei.

De fato, não parecia achar em Maria Cora mais que benevolência e perdão, mas era isso mesmo que a tornava apetecível. Todos os amores da minha vida tinham sido fáceis; em nenhuma encontrei resistência, a nenhuma deixei com dor; alguma pena, é possível, e um pouco de recordação. Desta vez sentia-me tomado por ganchos de ferro. Maria Cora era toda vida; parece que, ao pé dela, as próprias cadeiras andavam e as figuras do tapete moviam os olhos. Põe nisso uma forte dose de meiguice e graça; finalmente, a ternura da tia fazia daquela criatura um anjo. É banal a comparação, mas não tenho outra.

Resolvi cortar o mal pela raiz, não tornando ao Engenho Velho, e assim fiz por alguns dias largos, duas ou três semanas. Busquei distrair-me e esquecê-la, mas foi em vão. Comecei a sentir a ausência como de um bem querido; apesar disso, resisti e não tornei logo. Mas, crescendo a ausência, cresceu o mal, e enfim resolvi tornar lá uma noite. Ainda assim pode ser que não fosse, a não achar Maria Cora na mesma oficina da rua da Quitanda, aonde eu fora acertar o relógio parado.

– É freguês também? perguntou-me ao entrar.
– Sou.
– Vim acertar o meu. Mas, por que não tem aparecido?
– É verdade, por que não voltou lá à casa? completou a tia.
– Uns negócios, murmurei; mas, hoje mesmo, contava ir lá.
– Hoje não; vá amanhã, disse a sobrinha. Hoje vamos passar a noite fora.

Pareceu-me ler naquela palavra um convite a amá-la de vez, assim como a primeira trouxera um tom que presumi ser de saudade. Realmente, no dia seguinte, fui ao Engenho Velho. Maria Cora acolheu-me com a mesma boa vontade de antes. O poeta lá estava e contou-me em verso os suspiros que a tia dera por mim. Entrei a freqüentá-las novamente e resolvi declarar tudo.

Já acima disse que ela provavelmente percebera ou adivinhara o que eu sentia, como todas as mulheres; referi-me aos primeiros dias. Desta vez com certeza percebeu, nem por isso me repeliu. Ao contrário, parecia gostar de se ver querida, muito e bem.

Pouco depois daquela noite escrevi-lhe uma carta e fui ao Engenho Velho. Achei-a um pouco retraída; a tia explicou-me que recebera notícias do Rio Grande que a afligiram. Não liguei isto ao casamento e busquei alegrá-la; apenas consegui vê-la cortês. Antes de sair, perto da varanda, entreguei-lhe a carta; ia a dizer-lhe: "Peço-lhe que leia", mas a voz não saiu. Vi-a um pouco atrapalhada, e para evitar dizer o que melhor ia escrito, cumprimentei-a e enfiei pelo jardim. Pode imaginar-se a noite que passei, e o dia seguinte foi naturalmente igual, à medida que a outra noite vinha. Pois, ainda assim, não tornei à casa dela; resolvi esperar três ou quatro dias, não que ela me escrevesse logo, mas que pensasse nos termos da resposta. Que estes haviam de ser simpáticos, era certeza minha; as maneiras dela, nos últimos tempos, eram mais que afáveis, pareciam-me convidativas.

Não cheguei, porém, aos quatro dias; mal pude esperar três. Na noite do terceiro fui ao Engenho Velho. Se disser que entrei trêmulo da primeira comoção, não minto. Achei-a ao piano, tocando para o poeta ouvir; a tia, na poltrona, pensava em não sei quê, mas eu quase não a vi, tal a minha primeira alucinação.

– Entre, Sr. Correia, disse esta; não caia em cima de mim.

– Perdão...

Maria Cora não interrompeu a música; ao ver-me chegar, disse:

– Desculpe, se lhe não dou a mão, estou aqui servindo de musa a este senhor.

Minutos depois, veio a mim, e estendeu-me a mão com tanta galhardia, que li nela a resposta, e estive quase a dar-lhe um agradecimento. Passaram-se alguns minutos, quinze ou vinte. Ao fim desse tempo, ela pretextou um livro, que estava em cima das músicas, e pediu-me para dizer se o conhecia; fomos ali ambos, e ela abriu-mo; entre as duas folhas estava um papel.

– Na outra noite, quando aqui esteve, deu-me esta carta; não podia dizer-me o que tem dentro?

– Não adivinha?

– Posso errar na adivinhação.

– É isso mesmo.

– Bem, mas eu sou uma senhora casada, e nem por estar separada do meu marido deixo de estar casada. O senhor ama-me, não é? Suponha, pelo melhor, que eu também o amo; nem por isso deixo de estar casada.

Dizendo isto, entregou-me a carta; não fora aberta. Se estivéssemos sós, é possível que eu lha lesse, mas a presença de estranhos impedia-me este recurso. Demais, era desnecessário; a resposta de Maria Cora era definitiva ou me pareceu tal. Peguei na carta, e antes de a guardar comigo:

– Não quer então ler?

– Não.

– Nem para ver os termos?

– Não.

— Imagine que lhe proponho ir combater contra seu marido, matá-lo e voltar, disse eu cada vez mais tonto.

— Propõe isto?

— Imagine.

— Não creio que ninguém me ame com tal força, concluiu sorrindo. Olhe, que estão reparando em nós.

Dizendo isto, separou-se de mim e foi ter com a tia e o poeta. Eu fiquei ainda alguns segundos com o livro na mão, como se deveras o examinasse, e afinal deixei-o. Vim sentar-me defronte dela. Os três conversavam de cousas do Rio Grande, de combates entre federalistas e legalistas, e da vária sorte deles. O que eu então senti não se escreve; pelo menos, não o escrevo eu, que não sou romancista. Foi uma espécie de vertigem, um delírio, uma cena pavorosa e lúcida, um combate e uma glória. Imaginei-me no campo, entre uns e outros, combatendo os federalistas, e afinal matando João da Fonseca, voltando e casando-me com a viúva. Maria Cora contribuía para esta visão sedutora; agora, que me recusara a carta, parecia-me mais bela que nunca, e a isto acrescia que se não mostrava zangada nem ofendida, tratava-me com igual carinho que antes, creio até que maior. Disto podia sair uma impressão dupla e contrária – uma de aquiescência tácita, outra de indiferença –, mas eu só via a primeira, e saí de lá completamente louco.

O que então resolvi foi realmente de louco. As palavras de Maria Cora: "Não creio que ninguém me ame com tal força" – soavam-me aos ouvidos, como um desafio. Pensei nelas toda a noite, e no dia seguinte fui ao Engenho Velho; logo que tive ocasião de jurar-lhe a prova, fi-lo.

– Deixo tudo o que me interessa, a começar pela paz, com o único fim de lhe mostrar que a amo, e a quero só e santamente para mim. Vou combater a revolta.

Maria Cora fez um gesto de deslumbramento. Daquela vez percebi que realmente gostava de mim, verdadeira paixão, e se fosse viúva, não casava com outro. Jurei novamente que ia para o Sul. Ela, comovida, estendeu-me a mão. Estávamos em pleno romantismo. Quando eu nasci, os meus não acreditavam em outras provas de amor, e minha mãe contava-me os romances em versos de cavaleiros andantes que iam à Terra Santa libertar o sepulcro de Cristo por amor da fé e da sua dama. Estávamos em pleno romantismo.

V

Fui para o Sul. Os combates entre legalistas e revolucionários eram contínuos e sangrentos, e a notícia deles contribuiu a animar-me. Entretanto, como nenhuma paixão política me levava a entrar na luta, força é confessar que por um instante me senti abatido e hesitei. Não era medo da morte, podia ser amor da vida, que é um sinônimo; mas, uma ou outra cousa, não foi tal nem tamanha que fizesse durar por muito tempo a hesitação. Na cidade do Rio Grande encontrei um amigo, a quem eu por carta do Rio de Janeiro dissera muito reservadamente que ia lá por motivos políticos. Quis saber quais.

– Naturalmente são reservados, respondi tentando sorrir.

– Bem; mas uma cousa creio que posso saber, uma só, porque não sei absolutamente o que pense a tal respeito, nada havendo antes que me instrua. De que lado estás, legalistas ou revoltosos?

– É boa! Se não fosse dos legalistas, não te mandaria dizer nada; viria às escondidas.

– Vens com alguma comissão secreta do marechal?

– Não.

Não me arrancou então mais nada, mas eu não pude deixar de lhe confiar os meus projetos, ainda que sem os seus motivos. Quando ele soube que aqueles eram alistar-me entre os voluntários que combatiam a revolução, não pôde crer em mim, e talvez desconfiasse que efetivamente eu levava algum plano secreto do presidente. Nunca da minha parte ouviu nada que pudesse explicar semelhante passo. Entretanto, não perdeu tempo em despersuadir-me; pessoalmente era legalista e falava dos adversários com ódio e furor. Passado o espanto, aceitou o meu ato, tanto mais nobre quanto não era inspirado por sentimento de partido. Sobre isto disse-me muita palavra bela e heróica, própria a levantar o ânimo de quem já tivesse tendência para a luta. Eu não tinha nenhuma, fora das razões particulares; estas, porém, eram agora maiores. Justamente acabava de receber uma carta da tia de Maria Cora, dando-me notícias delas, e recomendações da sobrinha, tudo com alguma generalidade e certa simpatia verdadeira.

Fui a Porto Alegre, alistei-me e marchei para a campanha. Não disse a meu respeito nada que pudesse despertar a curiosidade de ninguém, mas era difícil encobrir a minha condição, a minha origem, a minha viagem com o plano de ir combater a revolução. Fez-se logo uma lenda a meu respeito. Eu era um republicano antigo, riquíssimo, entusiasta, disposto a dar pela República mil vidas, se as tivesse, e resoluto a não poupar a única. Deixei dizer isto e o mais, e fui. Como eu indagasse das forças revolucionárias com que estaria João da Fonseca, alguém quis ver nisto uma razão de ódio pessoal; também não faltou quem me supusesse espião dos rebeldes, que ia pôr-me em comunicação secreta com aquele. Pessoas que sabiam das relações dele com a Prazeres, imaginavam que era um antigo amante desta que se queria vingar dos amores dele. Todas aquelas suposições morreram, para só ficar a do meu entusiasmo político; a da minha espionagem ia-me prejudicando; felizmente, não passou de duas cabeças e de uma noite.

Levava comigo um retrato de Maria Cora; alcançara-o dela mesma, uma noite, pouco antes do meu embarque, com uma pequena dedicatória cerimoniosa. Já disse que estava em pleno romantismo; dado o primeiro passo, os outros vieram de si mesmos. E agora juntai a isto o amor-próprio, e compreendereis que de simples cidadão indiferente da capital saísse um guerreiro áspero da campanha rio-grandense.

Nem por isso conto combates, nem escrevo para falar da revolução, que não teve nada comigo, por si mesma, senão pela ocasião que me dava, e por algum golpe que lhe desfechei na estreita área da minha ação. João da Fonseca era o meu rebelde. Depois de haver tomado parte no combate de Sarandi e Coxilha Negra, ouvi que o marido de Maria Cora fora morto, não sei em que recontro; mais tarde deram-me a notícia de estar com as forças de Gumercindo, e também que fora feito prisioneiro e seguira para Porto Alegre; mas ainda isto não era verdade. Disperso, com dois camaradas, encontrei um dia um regimento legal que ia em defesa da Encruzilhada, investida ultimamente por uma força dos federalistas; apresentei-me ao comandante e segui. Aí soube que João da Fonseca estava entre essa força; deram-me todos os sinais dele, contaram-me a história dos amores e a separação da mulher.

A idéia de matá-lo no turbilhão de um combate tinha algo fantástico; nem eu sabia se tais duelos eram possíveis em semelhantes ocasiões, quando a força de cada homem tem de somar com a de toda uma força única e obediente a uma só direção. Também me pareceu, mais de uma vez, que ia cometer um crime pessoal, e a sensação que isto me dava, podeis crer que não era leve nem doce; mas a figura de Maria Cora abraçava-me e absolvia com uma bênção de felicidades. Atirei-me de vez. Não conhecia João da Fonseca; além dos sinais que me haviam dado, tinha de memória um retrato dele que vira no Engenho Velho; se as feições não estivessem mudadas, era provável que eu o reconhecesse entre muitos. Mas, ainda uma vez, seria este encontro possível? Os combates em que eu entrara já me faziam desconfiar que não era fácil, ao menos.

Não foi fácil nem breve. No combate da Encruzilhada creio que me houve com a necessária intrepidez e disciplina, e devo aqui notar que eu me ia acostumando à vida da guerra civil. Os ódios que ouvia eram forças reais. De um lado e outro batiam-se com ardor, e a paixão que eu sentia nos meus ia-se pegando em mim. Já lera o meu nome em uma ordem do dia, e de viva voz recebera louvores, que comigo não pude deixar de achar justos, e ainda agora tais os declaro. Mas vamos ao principal, que é acabar com isto.

Naquele combate achei-me um tanto como o herói de Stendhal na batalha de Waterloo; a diferença é que o espaço foi menor. Por isso, e também porque não me quero deter em cousas de recordação fácil, direi somente que tive ocasião de matar em pessoa a João da Fonseca. Verdade é que escapei de ser morto por ele. Ainda agora trago na testa a cicatriz que ele me deixou. O combate entre nós foi curto. Se não parecesse romanesco demais, eu diria que João da Fonseca adivinhara o motivo e previra o resultado da ação.

Poucos minutos depois da luta pessoal, a um canto da vila, João da Fonseca caiu prostrado. Quis ainda lutar, e certamente lutou um pouco; eu é que não consenti na desforra, que podia ser a minha derrota, se é que raciocinei; creio que não. Tudo o que fiz foi cego pelo sangue em que o deixara banhado, e surdo pelo clamor e tumulto do combate. Matava-se, gritava-se, vencia-se; em pouco ficamos senhores do campo.

Quando vi que João da Fonseca morrera deveras, voltei ao combate por instantes; a minha ebriedade cessara um pouco, e os motivos primários tornaram a dominar-me, como se fossem únicos. A figura de Maria Cora apareceu-me como um sorriso de aprovação e perdão; tudo foi rápido.

Haveis de ter lido que ali se apreendiam três ou quatro mulheres. Uma destas era a Prazeres. Quando, acabado tudo, a Prazeres viu o cadáver do amante, fez uma cena que me encheu de ódio e de inveja. Pegou em si e deitou-se a abraçá-lo; as lágrimas que verteu, as palavras que disse, fizeram rir a uns; a outros, se não enterneceram, deram algum sentimento de admiração. Eu, como digo, achei-me tomado de inveja e ódio, mas também esse duplo sentimento desapareceu para não ficar nem admiração; acabei rindo. Prazeres, depois de honrar com dor a morte do amante, ficou sendo a federalista que já era; não vestia farda, como dissera ao desafiar João da Fonseca, quis ser prisioneira com os rebeldes e seguir com eles.

É claro que não deixei logo as forças, bati-me ainda algumas vezes, mas a razão principal dominou, e abri mão das armas. Durante o tempo em que estive alistado, só escrevi duas cartas a Maria Cora, uma pouco depois de encetar aquela vida nova – outra depois do combate da Encruzilhada; nesta não lhe contei nada do marido, nem da morte, nem sequer que o vira. Unicamente anunciei que era provável acabasse brevemente a guerra civil. Em nenhuma das duas fiz a menor alusão aos meus sentimentos nem ao motivo do meu ato; entretanto, para quem soubesse deles, a carta era significativa. Maria Cora só respondeu à primeira das cartas, com serenidade, mas não com isenção. Percebia-se – ou percebia-o eu – que, não prometendo nada, tudo agradecia, e, quando menos, admirava. Gratidão e admiração podiam encaminhá-la ao amor.

Ainda não disse – e não sei como diga este ponto – que na Encruzilhada, depois da morte de João da Fonseca, tentei degolá-lo; mas nem queria fazê-lo, nem realmente o fiz. O meu objeto era ainda outro e romanesco. Perdoa-me tu, realista sincero, há nisto também um pouco de realidade, e foi o que pratiquei, de acordo com o estado da minha alma: o que fiz foi cortar-lhe um molho de cabelos. Era o recibo da morte que eu levaria à viúva.

VI

Quando voltei ao Rio de Janeiro, tinham já passado muitos meses do combate da Encruzilhada. O meu nome figurou não só em partes oficiais como em telegramas e correspondências, por mais que eu buscasse esquivar-me ao ruído e desaparecer na sombra. Recebi cartas de felicitações e de indagações. Não vim logo para o Rio de Janeiro, note-se; podia ter aqui alguma festa; preferi ficar em São Paulo. Um dia, sem ser esperado, meti-me na estrada de ferro e entrei na cidade. Fui para a casa de pensão do Catete.

Não procurei logo Maria Cora. Pareceu-me até mais acertado que a notícia da minha vinda lhe chegasse pelos jornais. Não tinha pessoa que lhe falasse; vexava-me ir eu mesmo a alguma redação contar o meu regresso do Rio Grande; não era passageiro de mar, cujo nome viesse em lista nas folhas públicas. Passaram dous dias; no terceiro, abrindo uma destas, dei com o meu nome. Dizia-se ali que viera de São Paulo e estivera nas lutas do Rio Grande, citavam-se os combates, tudo com adjetivos de louvor; enfim, que voltava à mesma pensão do Catete. Como eu só contara alguma cousa ao dono da casa, podia ser ele o autor das notas; disse-me que não. Entrei a receber visitas pessoais. Todas queriam saber tudo; eu pouco mais disse que nada.

Entre os cartões, recebi dous de Maria Cora e da tia, com palavras de boas-vindas. Não era preciso mais; restava-me ir agradecer-lhes, e dispus-me a isso; mas, no próprio dia em que resolvi ir ao Engenho Velho, tive uma sensação de... De quê? Expliquem, se podem, o acanhamento que me deu a lembrança do marido de Maria Cora, morto às minhas mãos. A sensação que ia ter diante dela tolheu-me inteiramente. Sabendo-se qual foi o móvel principal da minha ação militar, mal se compreende aquela hesitação; mas, se considerardes que, por mais que me defendesse do marido e o matasse para não morrer, ele era sempre o marido, terás entendido o mal-estar que me fez adiar a visita. Afinal, peguei em mim e fui à casa dela.

Maria Cora estava de luto. Recebeu-me com bondade, e repetiu-me, como a tia, as felicitações escritas. Falamos da guerra civil, dos costumes do Rio Grande, um pouco de política, e mais nada. Não se disse de João da Fonseca. Ao sair de lá, perguntei a mim mesmo se Maria Cora estaria disposta a casar comigo.

"Não me parece que recuse, embora não lhe ache maneiras especiais. Creio até que está menos afável que dantes... Terá mudado?"

Pensei assim, vagamente. Atribuí a alteração ao estado moral da viuvez; era natural. E continuei a freqüentá-la, disposto a deixar passar a primeira fase do luto para lhe pedir formalmente a mão. Não tinha que fazer declarações novas; ela sabia tudo. Continuou a receber-me bem. Nenhuma pergunta me fez sobre o marido, a tia também não, e da própria revolução não se falou mais. Pela minha parte, tornando à situação anterior, busquei não perder tempo, fiz-me pretendente com todas as maneiras do ofício. Um dia, perguntei-lhe se pensava em tornar ao Rio Grande.

– Por ora, não.

– Mas irá?

– É possível; não tenho plano nem prazo marcado; é possível.

Eu, depois de algum silêncio, durante o qual olhava interrogativamente para ela, acabei por inquirir se antes de ir, caso fosse, não alteraria nada em sua vida.

— A minha vida está tão alterada...

Não me entendera; foi o que supus. Tratei de me explicar melhor, e escrevi uma carta em que lhe lembrava a entrega e a recusa da primeira e lhe pedia francamente a mão. Entreguei a carta, dous dias depois, com estas palavras:

— Desta vez não recusará ler-me.

Não recusou, aceitou a carta. Foi à saída, à porta da sala. Creio até que lhe vi certa comoção de bom agouro. Não me respondeu por escrito, como esperei. Passados três dias, estava tão ansioso que resolvi ir ao Engenho Velho. Em caminho imaginei tudo; que me recusasse, que me aceitasse, que me adiasse, e já me contentava com a última hipótese, se não houvesse de ser a segunda. Não a achei em casa; tinha ido passar alguns dias na Tijuca. Saí de lá aborrecido. Pareceu-me que não queria absolutamente casar; mas então era mais simples dizê-lo ou escrevê-lo. Esta consideração trouxe-me esperanças novas.

Tinha ainda presentes as palavras que me dissera, quando me devolveu a primeira carta, e eu lhe falei da minha paixão: "Suponha que eu o amo; nem por isso deixo de ser uma senhora casada." Era claro que então gostava de mim, e agora mesmo não havia razão decisiva para crer o contrário, embora a aparência fosse um tanto fria. Ultimamente, entrei a crer que ainda gostava, um pouco por vaidade, um pouco por simpatia, e não sei se por gratidão também; tive alguns vestígios disso. Não obstante, não me deu resposta à segunda carta. Ao voltar da Tijuca, vinha menos expansiva, acaso mais triste. Tive eu mesmo de lhe falar na matéria; a resposta foi que, por ora, estava disposta a não casar.

— Mas um dia...? perguntei depois de algum silêncio.

— Estarei velha.

— Mas então... será muito tarde?

— Meu marido pode não estar morto.

Espantou-me esta objeção.

— Mas a senhora está de luto.

— Tal foi a notícia que li e me deram; pode não ser exata. Tenho visto desmentir outras que se reputavam certas.

— Quer certeza absoluta? perguntei. Eu posso dá-la.

Maria Cora empalideceu. Certeza. Certeza de quê? Queria que lhe contasse tudo, mas tudo. A situação era tão penosa para mim que não hesitei mais, e, depois de lhe dizer que era intenção minha não lhe contar nada, como não contara a ninguém, ia fazê-lo, unicamente para obedecer à intimação. E referi o combate, as suas fases todas, os riscos, as palavras, finalmente a morte de João da Fonseca. A ânsia com que me ouviu foi grande, e não menor o abatimento final. Ainda assim, dominou-se, e perguntou-me:

— Jura que me não está enganando!

— Para que a enganar? O que tenho feito é bastante para provar que sou sincero. Amanhã, trago-lhe outra prova, se é preciso mais alguma.

Levei-lhe os cabelos que cortara ao cadáver. Contei-lhe – e confesso que o meu fim foi irritá-la contra a memória do defunto –, contei-lhe o desespero da Prazeres. Descrevi essa mulher e as suas lágrimas. Maria Cora ouviu-me com os olhos grandes e perdidos; estava ainda com ciúmes. Quando lhe mostrei os cabelos do marido, atirou-se a eles, recebeu-os, beijou-os, chorando, chorando, chorando... Entendi melhor sair e sair para sempre. Dias depois recebi a resposta à minha carta; recusava casar.

Na resposta havia uma palavra que é a única razão de escrever esta narrativa: "Compreende que eu não podia aceitar a mão do homem que, embora lealmente, matou meu marido." Comparei-a àquela outra que me dissera antes, quando eu me propunha sair a combate, matá-lo e voltar: "Não creio que ninguém me ame com tal força." E foi essa palavra que me levou à guerra. Maria Cora vive agora reclusa; de costume manda dizer uma missa por alma do marido, no aniversário do combate da Encruzilhada. Nunca mais a vi; e, cousa menos difícil, nunca mais esqueci de dar corda ao relógio.

MARCHA FÚNEBRE

O deputado Cordovil não podia pregar olho uma noite de agosto de 186... Viera cedo do Cassino Fluminense, depois da retirada do Imperador, e durante o baile não tivera o mínimo incômodo moral nem físico. Ao contrário, a noite foi excelente; tão excelente que um inimigo seu, que padecia do coração, faleceu antes das dez horas, e a notícia chegou ao Cassino pouco depois das onze.

Naturalmente concluis que ele ficou alegre com a morte do homem, espécie de vingança que os corações adversos e fracos tomam em falta de outra. Digo-te que concluis mal; não foi alegria, foi desabafo. A morte vinha de meses, era daquelas que não acabam mais, e moem, mordem, comem, trituram a pobre criatura humana. Cordovil sabia dos padecimentos do adversário.

Alguns amigos, para o consolar de antigas injúrias, iam contar-lhe o que viam ou sabiam do enfermo, pregado a uma cadeira de braços, vivendo as noites horrivelmente, sem que as auroras lhe trouxessem esperanças, nem as tardes desenganos. Cordovil pagava-lhes com alguma palavra de compaixão, que o alvissareiro adotava, e repetia, e era mais sincera naquele que neste. Enfim acabara de padecer; daí o desabafo.

Este sentimento pegava com a piedade humana. Cordovil, salvo em política, não gostava do mal alheio. Quando rezava, ao levantar da cama: "Padre Nosso, que estás no céu, santificado seja o teu nome, venha a nós o teu reino, seja feita a tua vontade, assim na terra como no céu; o pão nosso de cada dia nos dá hoje; perdoa as nossas dívidas, como nós perdoamos aos nossos devedores..." não imitava um de seus amigos que rezava a mesma prece, sem todavia perdoar aos devedores, como dizia de língua; esse chegava a cobrar além do que eles lhe deviam, isto é, se ouvia maldizer de alguém, decorava tudo e mais alguma cousa e ia repeti-lo a outra parte. No dia seguinte, porém, a bela oração de Jesus tornava a sair dos lábios da véspera com a mesma caridade de ofício.

Cordovil não ia nas águas desse amigo; perdoava deveras. Que entrasse no perdão um tantinho de preguiça, é possível, sem aliás ser evidente. Preguiça amamenta muita virtude. Sempre é alguma cousa minguar força à ação do mal. Não esqueça que o deputado só gostava do mal alheio em política, e o inimigo morto era inimigo pessoal. Quanto à causa da inimizade, não a sei eu, e o nome do homem acabou com a vida.

— Coitado! descansou, disse Cordovil.

Conversaram da longa doença do finado. Também falaram das várias mortes deste mundo, dizendo Cordovil que a todas preferia a de César, não por motivo do ferro, mas por inesperada e rápida.

— *Tu quoque?* perguntou-lhe um colega, rindo.

Ao que ele, apanhando a alusão, replicou:

— Eu, se tivesse um filho, quisera morrer às mãos dele. O parricídio, estando fora do comum, faria a tragédia mais trágica.

Tudo foi assim alegre. Cordovil saiu do baile com sono, e foi cochilando no carro, apesar do mal calçado das ruas. Perto de casa, sentiu parar o carro e ouviu rumor de vozes. Era o caso de um defunto, que duas praças de polícia estavam levantando do chão.

— Assassinado? perguntou ele ao lacaio, que descera da almofada para saber o que era.

— Não sei, não, senhor.

— Pergunta o que é.

— Este moço sabe como foi, disse o lacaio, indicando um desconhecido, que falava a outros.

O moço aproximou-se da portinhola, antes que o deputado recusasse ouvi-lo. Referiu-lhe então em poucas palavras o acidente a que assistira.

— Vínhamos andando, ele adiante, eu atrás. Parece que assobiava uma polca. Indo a atravessar a rua para o lado do Mangue, vi que estacou o passo, a modo que torceu o corpo, não sei bem, e caiu sem sentidos. Um doutor, que chegou logo, descendo de um sobradinho, examinou o homem e disse que "morreu de repente". Foi-se juntando gente, a patrulha levou muito tempo a chegar. Agora pegou dele. Quer ver o defunto?

— Não, obrigado. Já se pode passar?
— Pode.
— Obrigado. Vamos, Domingos.

Domingos trepou à almofada, o cocheiro tocou os animais, e o carro seguiu até à rua de São Cristóvão, onde morava Cordovil.

Antes de chegar a casa, Cordovil foi pensando na morte do desconhecido. Em si mesma, era boa; comparada à do inimigo pessoal, excelente. Ia a assobiar, cuidando sabe Deus em que delícia passada ou em que esperança futura; revivia o que vivera, ou antevia o que podia viver, senão quando, a morte pegou da delícia ou da esperança, e lá se foi o homem ao eterno repouso. Morreu sem dor, ou, se alguma teve, foi acaso brevíssima, como um relâmpago que deixa a escuridão mais escura.

Então pôs o caso em si. Se lhe tem acontecido no Cassino a morte do Aterrado? Não seria dançando; os seus quarenta anos não dançavam. Podia até dizer que ele só dançou até aos vinte. Não era dado a moças, tivera uma afeição única na vida – aos vinte e cinco anos, casou e enviuvou ao cabo de cinco semanas para não casar mais. Não é que lhe faltassem noivas – mormente depois de perder o avô, que lhe deixou duas fazendas. Vendeu-as ambas e passou a viver consigo, fez duas viagens à Europa, continuou a política e a sociedade. Ultimamente parecia enojado de uma e de outra, mas não tendo em que matar o tempo, não abriu mão delas. Chegou a ser ministro uma vez, creio que da Marinha; não passou de sete meses. Nem a pasta lhe deu glória, nem a demissão desgosto. Não era ambicioso, e mais puxava para a quietação que para o movimento.

Mas se lhe tivesse sucedido morrer de repente no Cassino, ante uma valsa ou quadrilha, entre duas portas*? Podia ser muito bem. Cordovil compôs de imaginação a cena, ele caído de bruços ou de costas, o prazer turbado, a dança interrompida... e daí podia ser que não; um pouco de espanto apenas, outro de susto, os homens animando as damas, a orquestra continuando por

---

* Assim na primeira edição e em todas as subseqüentes consultadas. No entanto, o contexto sugere: "(...) ante uma valsa ou quadrilha, entre duas **polcas**?" (N. da Org.)

instantes a oposição do compasso e da confusão. Não faltariam braços que o levassem para um gabinete, já morto, totalmente morto.

"Tal qual a morte de César", ia dizendo consigo.

E logo emendou:

"Não, melhor que ela; sem ameaça, nem armas, nem sangue, uma simples queda e o fim. Não sentiria nada."

Cordovil deu consigo a rir ou a sorrir, alguma cousa que afastava o terror e deixava a sensação da liberdade. Em verdade, antes a morte assim que após longos dias ou longos meses e anos, como o adversário que perdera algumas horas antes. Nem era morrer; era um gesto de chapéu, que se perdia no ar com a própria mão e a alma que lhe dera movimento. Um cochilo e o sono eterno. Achava-lhe um só defeito – o aparato. Essa morte no meio de um baile, defronte do Imperador, ao som de Strauss, contada, pintada, enfeitada nas folhas públicas, essa morte pareceria de encomenda. Paciência, uma vez que fosse repentina.

Também pensou que podia ser na Câmara, no dia seguinte, ao começar o debate do orçamento. Tinha a palavra; já andava cheio de algarismos e citações. Não quis imaginar o caso, não valia a pena; mas o caso teimou e apareceu de si mesmo. O salão da Câmara, em vez do do Cassino, sem damas ou com poucas, nas tribunas. Vasto silêncio. Cordovil em pé começaria o discurso, depois de circular os olhos pela casa, fitar o ministro e fitar o presidente: "Releve-me a Câmara que lhe tome algum tempo, serei breve, buscarei ser justo..." Aqui uma nuvem lhe taparia os olhos, a língua pararia, o coração também, e ele cairia de golpe no chão. Câmara, galerias, tribunas ficariam assombradas. Muitos deputados correriam a erguê-lo; um, que era médico, verificaria a morte; não diria que fora de repente, como o do sobradinho do Aterrado, mas por outro estilo mais técnico. Os trabalhos seriam suspensos, depois de algumas palavras do presidente e escolha da comissão que acompanharia o finado ao cemitério...

Cordovil quis rir da circunstância de imaginar além da morte, o movimento e o saimento, as próprias notícias dos jornais, que ele leu de cor e depressa. Quis rir, mas preferia cochilar; os olhos é que, estando já perto de casa e da cama, não quiseram desperdiçar o sono, e ficaram arregalados.

Então a morte, que ele imaginara pudesse ter sido no baile, antes de sair, ou no dia seguinte em plena sessão da Câmara, apareceu ali mesmo no carro. Supôs ele que, ao abrirem-lhe a portinhola, dessem com o seu cadáver. Sairia assim de uma noite ruidosa para outra pacífica, sem conversas, nem danças, nem encontros, sem espécie alguma de luta ou resistência. O estremeção que teve tez-lhe ver que não era verdade. Efetivamente, o carro entrou na chácara, Cotadim, e Domingos saltou da almofada para vir abrir-lhe a portinhola. Cordovil desceu com as pernas e a alma vivas, e entrou pela porta lateral, onde o aguardava com um castiçal e vela acesa o escravo Florindo. Subiu a escada, e os pés sentiam que os degraus eram deste mundo; se fossem do outro, desceriam naturalmente. Em cima, ao entrar no quarto, olhou para a cama; era a mesma dos sonos quietos e demorados.

– Veio alguém?

– Não, senhor, respondeu o escravo distraído, mas corrigiu logo: Veio, sim, senhor; veio aquele doutor que almoçou com meu senhor domingo passado.

– Queria alguma cousa?

– Disse que vinha dar a meu senhor uma boa notícia, e deixou este bilhete – que eu botei ao pé da cama.

O bilhete referia a morte do inimigo; era de um dos amigos que usavam contar-lhe a marcha da moléstia. Quis ser o primeiro a anunciar o desenlace, um alegrão, com um abraço apertado. Enfim, morrera o patife. Não disse a cousa assim por esses termos claros, mas os que empregou vinham a dar neles, acrescendo que não atribuiu esse único objeto à visita. Vinha passar a noite; só ali soube que Cordovil fora ao Cassino. Ia a sair, quando lhe lembrou a morte e pediu ao Florindo que lhe deixasse escrever duas linhas. Cordovil entendeu o significado, e ainda uma vez lhe doeu a agonia do outro. Fez um gesto de melancolia e exclamou a meia-voz:

– Coitado! Vivam as mortes súbitas!

Florindo, se referisse o gesto e a frase ao doutor do bilhete, talvez o fizesse arrepender da canseira. Nem pensou nisso; ajudou o senhor a preparar-se para dormir, ouviu as últimas ordens e despediu-se. Cordovil deitou-se.

– Ah! suspirou ele, estirando o corpo cansado.

Teve então uma idéia, a de amanhecer morto. Esta hipótese, a melhor de todas, porque o apanharia meio morto, trouxe consigo mil fantasias que lhe arredaram o sono dos olhos. Em parte, era a repetição das outras, a participação à Câmara, as palavras do presidente, comissão para o saimento, e o resto. Ouviu lástimas de amigos e de fâmulos, viu notícias impressas, todas lisonjeiras ou justas. Chegou a desconfiar que era já sonho. Não era. Chamou-se ao quarto, à cama, a si mesmo: estava acordado.

A lamparina deu melhor corpo à realidade. Cordovil espancou as idéias fúnebres e esperou que as alegres tomassem conta dele e dançassem até cansá-lo. Tentou vencer uma visão com outra. Fez até uma cousa engenhosa, convocou os cinco sentidos, porque a memória de todos eles era aguda e fresca; foi assim evocando lances e rasgos longamente extintos. Gestos, cenas de sociedade e de família, panoramas, re passou muita cousa vista, com o aspecto do tempo diverso e remoto. Deixara de comer acepipes que outra vez lhe sabiam, como se estivesse agora a mastigá-los. Os ouvidos escutavam passos leves e pesados, cantos joviais e tristes, e palavra de todos os feitios. O tato, o olfato, todos fizeram o seu ofício, durante um prazo que ele não calculou.

Cuidou de dormir e cerrou bem os olhos. Não pôde, nem do lado direito, nem do esquerdo, de costas nem de bruços. Ergueu-se e foi ao relógio; eram três horas. Insensivelmente levou-o à orelha a ver se estava parado; estava andando, dera-lhe corda. Sim, tinha tempo de dormir um bom sono; deitou-se, cobriu a cabeça para não ver a luz.

Ah! Foi então que o sono tentou entrar, calado e surdo, todo cautelas, como seria a morte, se quisesse levá-lo de repente, para nunca mais. Cordovil cerrou os olhos com força, e fez mal, porque a força acentuou a vontade que tinha de dormir; cuidou de os afrouxar, e fez bem. O sono, que ia a recuar, tornou atrás, e veio estirar-se ao lado dele, passando-lhe aqueles braços leves e pesados, a um tempo, que tiram à pessoa todo movimento. Cordovil os sentia, e com os seus quis conchegá-los ainda mais... A imagem não é boa, mas não tenho outra à mão nem tempo de ir buscá-la. Digo só o resultado do gesto, que foi arredar o sono de si, tão aborrecido ficou este reformador de cansados.

– Que terá ele hoje contra mim? perguntaria o sono, se falasse.

Tu sabes que ele é mudo por essência. Quando parece que fala é o sonho que abre a boca à pessoa; ele não, ele é a pedra, e ainda a pedra fala, se lhe batem, como estão fazendo agora os calceteiros da minha rua. Cada pancada acorda na pedra um som, e a regularidade do gesto torna aquele som tão pontual que parece a alma de um relógio. Vozes de conversa ou de pregão, rodas de carro, passos de gente, uma janela batida pelo vento, nada dessas cousas que ora ouço, animava então a rua e a noite de Cordovil. Tudo era propício ao sono.

Cordovil ia finalmente dormir, quando a idéia de amanhecer morto apareceu outra vez. O sono recuou e fugiu. Esta alternativa durou muito tempo. Sempre que o sono ia a grudar-lhe os olhos, a lembrança da morte os abria, até que ele sacudiu o lençol e saiu da cama. Abriu uma janela e encostou-se ao peitoril. O céu queria clarear, alguns vultos iam passando na rua, trabalhadores e mercadores que desciam para o centro da cidade. Cordovil sentiu um arrepio; não sabendo se era frio ou medo, foi vestir um camisão de chita, e voltou para a janela. Parece que era frio, porque não sentia mais nada.

A gente continuava a passar, o céu a clarear, e um assobio da estrada de ferro deu sinal de trem que ia partir. Homens e cousas vinham do descanso; o céu fazia economia de estrelas, apagando-as, à medida que o sol ia chegando para o seu ofício. Tudo dava idéia de vida. Naturalmente a idéia da morte foi recuando e desapareceu de todo, enquanto o nosso homem, que suspirou por ela no Cassino, que a desejou para o dia seguinte na Câmara dos Deputados, que a encarou no carro, voltou-lhe as costas quando a viu entrar com o sono, seu irmão mais velho – ou mais moço, não sei.

Quando veio a falecer, muitos anos depois, pediu e teve a morte, não súbita, mas vagarosa, a morte de um vinho filtrado, que sai impuro de uma garrafa para entrar purificado em outra; a borra iria para o cemitério. Agora é que lhe via a filosofia; em ambas as garrafas era sempre o vinho que ia ficando, até passar inteiro e pingado para a segunda. Morte súbita não acabava de entender o que era.

UM CAPITÃO DE VOLUNTÁRIOS

Indo a embarcar para a Europa, logo depois da proclamação da República, Simão de Castro fez inventário das cartas e apontamentos; rasgou tudo. Só lhe ficou a narração que ides ler; entregou-a a um amigo para imprimi-la quando ele estivesse barra fora. O amigo não cumpriu a recomendação por achar na história alguma cousa que podia ser penosa, e assim lho disse em carta. Simão respondeu que estava por tudo o que quisesse; não tendo vaidades literárias, pouco se lhe dava de vir ou não a público. Agora que os dous faleceram, e não há igual escrúpulo, dá-se o manuscrito ao prelo.

Éramos dous, elas duas. Os dous íamos ali por visita, costume, desfastio, e finalmente por amizade. Fiquei amigo do dono da casa, ele meu amigo. Às tardes, sobre o jantar – jantava-se cedo em 1866 –, ia ali fumar um charuto. O sol ainda entrava pela janela, donde se via um morro com casas em cima. A janela oposta dava para o mar. Não digo a rua nem o bairro; a cidade posso dizer que era o Rio de Janeiro. Ocultarei o nome do meu amigo; ponhamos uma letra, X... Ela, uma delas, chamava-se Maria.

Quando eu entrava, já ele estava na cadeira de balanço. Os móveis da sala eram poucos, os ornatos raros, tudo simples. X... estendia-me a mão larga e forte; eu ia sentar-me ao pé da janela, olho na sala, olho na rua. Maria, ou já estava ou vinha de dentro. Éramos nada um para o outro; ligava-nos unicamente a afeição de X... Conversávamos; eu saía para casa ou ia passear, eles ficavam e iam dormir. Algumas vezes jogávamos cartas, às noites, e, para o fim do tempo, era ali que eu passava a maior parte destas.

Tudo em X... me dominava. A figura primeiro. Ele robusto, eu franzino; a minha graça feminina, débil, desaparecia ao pé do garbo varonil dele, dos seus ombros largos, cadeiras largas, jarrete forte e o pé sólido que, andando, batia rijo no chão. Dai-me um bigode escasso e fino; vede nele as suíças longas, espessas e encaracoladas, e um dos seus gestos habituais, pensando ou escutando, era passar os dedos por elas, encaracolando-as sempre. Os olhos completavam a figura, não só por serem grandes e belos, mas porque riam mais e melhor que a boca. Depois da figura, a idade; X... era homem de quarenta anos, eu não passava dos vinte e quatro. Depois da idade, a vida; ele vivera muito, em outro meio, donde saíra a encafuar-se naquela casa, com aquela senhora; eu não vivera nada nem com pessoa alguma. Enfim – e este rasgo é capital –, havia nele uma fibra castelhana, uma gota do sangue que circula nas páginas de Calderón, uma atitude moral que posso comparar, sem depressão nem riso, à do herói de Cervantes.

Como se tinham amado? Datava de longe. Maria contava já vinte e sete anos, e parecia haver recebido alguma educação. Ouvi que o primeiro encontro fora em um baile de máscaras, no antigo Teatro Provisório. Ela trajava uma saia curta, e dançava ao som de um pandeiro. Tinha os pés admiráveis, e foram eles ou o seu destino a causa do amor de X... Nunca lhe perguntei a origem da aliança; sei só que ela tinha uma filha, que estava no colégio e não vinha à casa; a mãe é que ia vê-la. Verdadeiramente as nossas relações eram respeitosas, e o respeito ia ao ponto de aceitar a situação sem a examinar.

Quando comecei a ir ali, não tinha ainda o emprego no banco. Só dous ou três meses depois é que entrei para este, e não interrompi as relações. Maria tocava piano; às vezes, ela e a amiga Raimunda conseguiam arrastar X... ao teatro; eu ia com eles. No fim, tomávamos chá em sala particular, e, uma ou outra vez, se havia lua, acabávamos a noite indo de carro a Botafogo.

A estas festas não ia Barreto, que só mais tarde começou a freqüentar a casa. Entretanto, era bom companheiro, alegre e rumoroso. Uma noite, como saíssemos de lá, encaminhou a conversa para as duas mulheres, e convidou-me a namorá-las.

– Tu escolhes uma, Simão, eu outra.

Estremeci e parei.

– Ou antes, eu já escolhi, continuou ele; escolhi a Raimunda. Gosto muito da Raimunda. Tu, escolhe a outra.

– A Maria?

– Pois que outra há de ser?

O alvoroço que me deu este tentador foi tal que não achei palavra de recusa, nem palavra nem gesto. Tudo me pareceu natural e necessário. Sim, concordei em escolher Maria; era mais velha que eu três anos, mas tinha a idade conveniente para ensinar-me a amar. Está dito, Maria. Deitamo-nos às duas conquistas com ardor e tenacidade. Barreto não tinha que vencer muito; a eleita dele não trazia amores, mas até pouco antes padecera de uns que rompera contra a vontade, indo o amante casar com uma moça de Minas. Depressa se deixou consolar. Barreto um dia, estando eu a almoçar, veio anunciar-me que recebera uma carta dela e mostrou-ma.

— Estão entendidos?
— Estamos. E vocês?
— Eu não.
— Então quando?
— Deixa ver; eu te digo.

Naquele dia fiquei meio vexado. Com efeito, apesar da melhor vontade deste mundo, não me atrevia a dizer a Maria os meus sentimentos. Não suponhas que era nenhuma paixão. Não tinha paixão, mas curiosidade. Quando a via esbelta e fresca, toda calor e vida, sentia-me tomado de uma força nova e misteriosa; mas, por um lado, não amara nunca, e, por outro, Maria era a companheira de meu amigo. Digo isto não para explicar escrúpulos, mas unicamente para fazer compreender o meu acanhamento. Viviam juntos desde alguns anos, um para o outro. X... tinha confiança em mim, confiança absoluta, comunicava-me os seus negócios, contava-me cousas da vida passada. Apesar da desproporção da idade, éramos como estudantes do mesmo ano.

Como entrasse a pensar mais constantemente em Maria, é provável que por algum gesto lhe houvesse descoberto o meu recente estado; certo é que, um dia, ao apertar-lhe a mão, senti que os dedos dela se demoravam mais entre os meus. Dous dias depois, indo ao correio, encontrei-a selando uma carta para a Bahia. Ainda não disse que era baiana? Era baiana. Ela é que me viu primeiro e me falou. Ajudei-lhe a pôr o selo e despedimo-nos. À porta ia a dizer alguma cousa, quando vi ante nós, parada, a figura de X...

— Vim trazer a carta para mamãe, apressou-se ela em dizer.

Despediu-se de nós e foi para casa; ele e eu tomamos outro rumo. X... aproveitou a ocasião para fazer muitos elogios de Maria. Sem entrar em minudências acerca da origem das relações, assegurou-me que fora uma grande paixão igual em ambos, e concluiu que tinha a vida feita.

— Já agora não me caso; vivo maritalmente com ela, morrerei com ela. Tenho só uma pena; é ser obrigado a viver separado de minha mãe. Minha mãe sabe, disse-me ele parando. E continuou andando: sabe, e até já me fez uma alusão muito vaga e remota, mas que eu percebi. Consta-me que não desaprova; sabe que Maria é séria e boa, e uma vez que eu seja feliz, não exige mais nada. O casamento não me daria mais que isto...

Disse muitas outras cousas, que eu fui ouvindo sem saber de mim; o coração batia-me rijo, e as pernas andavam frouxas. Não atinava com resposta idônea; alguma palavra que soltava, saía-me engasgada. Ao cabo de algum tempo, ele notou o meu estado e interpretou-o erradamente; supôs que as suas confidências me aborreciam, e disse-mo rindo. Contestei sério:

– Ao contrário, ouço com interesse, e trata-se de pessoas de toda a consideração e respeito.

Penso agora que cedia inconscientemente a uma necessidade de hipocrisia. A idade das paixões é confusa, e naquela situação não posso discernir bem os sentimentos e suas causas. Entretanto, não é fora de propósito que buscasse dissipar no ânimo de X... qualquer possível desconfiança. A verdade é que ele me ouviu agradecido. Os seus grandes olhos de criança envolveram-me todo, e quando nos despedimos, apertou-me a mão com energia. Creio até que lhe ouvi dizer: "Obrigado!"

Não me separei dele aterrado, nem ferido de remorsos prévios. A primeira impressão da confidência esvaiu-se, ficou só a confidência, e senti crescer-me o alvoroço da curiosidade. X... falara-me de Maria como de pessoa casta e conjugal; nenhuma alusão às suas prendas físicas, mas a minha idade dispensava qualquer referência direta. Agora, na rua, via de cor a figura da moça, os seus gestos igualmente lânguidos e robustos, e cada vez me sentia mais fora de mim. Em casa escrevi-lhe uma carta longa e difusa, que rasguei meia hora depois, e fui jantar. Sobre o jantar fui à casa de X...

Eram ave-marias. Ele estava na cadeira de balanço, eu sentei-me no lugar do costume, olho na sala, olho no morro. Maria apareceu tarde, depois das horas, e tão anojada que não tomou parte na conversação. Contou-se e riu-lhou; depois tocou um pouco de piano e saiu da sala.

– Maria acordou hoje com a mania de colher donativos para a guerra, disse-me ele. Já lhe fiz notar que nem todos quererão parecer que... Você sabe... A posição dela... Felizmente, a idéia há de passar; tem dessas fantasias...

– E por que não?

– Ora, porque não! E depois, a guerra do Paraguai, não digo que não seja como todas as guerras, mas, palavra, não me entusiasma. A princípio, sim, quando o López tomou o *Marquês de Olinda*, fiquei indignado; logo depois perdi a impressão, e agora, francamente, acho que tínhamos feito muito melhor se nos aliássemos ao López contra os argentinos.

– Eu não. Prefiro os argentinos.

– Também gosto deles, mas, no interesse da nossa gente, era melhor ficar com o López.

– Não; olhe, eu estive quase a alistar-me como voluntário da pátria.

– Eu, nem que me fizessem coronel, não me alistava.

Ele disse não sei que mais. Eu, como tinha a orelha afiada, à escuta dos pés de Maria, não respondi logo, nem claro, nem seguido; fui engrolando alguma palavra e sempre à escuta. Mas o diabo da moça não vinha; imaginei que estariam arrufados. Enfim, propus cartas, podíamos jogar uma partida de voltarete.

– Podemos, disse ele.

Passamos ao gabinete. X... pôs as cartas na mesa e foi chamar a amiga. Dali ouvi algumas frases sussurradas, mas só estas me chegaram claras:

– Vem! É só meia hora.
– Que maçada! Estou doente.

Maria apareceu no gabinete, bocejando. Disse-me que era só meia hora; tinha dormido mal, doía-lhe a cabeça e contava deitar-se cedo. Sentou-se enfastiada, e começamos a partida. Eu arrependia-me de haver rasgado a carta; lembravam-me alguns trechos dela, que diriam bem o meu estado, com o calor necessário a persuadi-la. Se a tenho conservado, entregava-lha agora; ela ia muita vez ao patamar da escada despedir-se de mim e fechar a cancela. Nessa ocasião podia dar-lha; era uma solução da minha crise.

Ao cabo de alguns minutos, X... levantou-se para ir buscar tabaco de uma caixa de folha-de-flandres, posta sobre a secretária. Maria fez então um gesto que não sei como diga nem pinte. Ergueu as cartas à altura dos olhos para os tapar, voltou-os para mim que lhe ficava à esquerda, e arregalou-os tanto e com tal fogo e atração, que não sei como não entrei por eles. Tudo foi rápido. Quando ele voltou fazendo um cigarro, Maria tinha as cartas embaixo dos olhos, abertas em leque, fitando-as como se calculasse. Eu devia estar trêmulo; não obstante, calculava também, com a diferença de não poder falar. Ela disse então com placidez uma das palavras do jogo, *passo* ou *licença*.

Jogamos cerca de uma hora. Maria, para o fim, cochilava literalmente, e foi o próprio X... que lhe disse que era melhor ir descansar. Despedi-me e passei ao corredor, onde tinha o chapéu e a bengala. Maria, à porta da sala, esperava que eu saísse e acompanhou-me até à cancela, para fechá-la. Antes que eu descesse, lançou-me um dos braços ao pescoço, chegou-me a si, colou-me os lábios nos lábios, onde eles me depositaram um beijo grande, rápido e surdo. Na mão senti alguma coisa.

– Boa noite, disse Maria fechando a cancela.

Não sei como não caí. Desci atordoado, com o beijo na boca, os olhos nos dela, e a mão apertando instintivamente um objeto. Cuidei de me pôr longe. Na primeira rua, corri a um lampião, para ver o que trazia. Era um cartão de loja de fazendas, um anúncio, com isto escrito nas costas, a lápis: "Espere-me amanhã, na ponte das barcas de Niterói, à uma hora da tarde."

O meu alvoroço foi tamanho que durante os primeiros minutos não soube absolutamente o que fiz. Em verdade, as emoções eram demasiado grandes e numerosas, e tão de perto seguidas que eu mal podia saber de mim. Andei até ao largo de São Francisco de Paula. Tornei a ler o cartão; arrepiei caminho, novamente parei, e uma patrulha que estava perto talvez desconfiou dos meus gestos. Felizmente, a despeito da comoção, tinha fome e fui cear ao Hotel dos Príncipes. Não dormi antes da madrugada; às seis horas estava em pé. A manhã foi lenta como as agonias lentas. Dez minutos antes de uma hora cheguei à ponte; já lá achei Maria, envolvida numa capa, e com um véu azul no rosto. Ia sair uma barca, entramos nela.

O mar acolheu-nos bem. A hora era de poucos passageiros. Havia movimento de lanchas, de aves, e o céu luminoso parecia cantar a nossa primeira entrevista. O que dissemos foi tão de atropelo e confusão que não me ficou mais de meia dúzia de palavras, e delas nenhuma foi o nome de X... ou qualquer referência a ele. Sentíamos ambos que traíamos, eu o meu amigo, ela o seu amigo e protetor. Mas, ainda que o não sentíssemos, não é provável que falássemos dele, tão pouco era o tempo para o nosso infinito. Maria apareceu-me então como nunca a vi nem suspeitara, falando de mim e de si, com a ternura possível naquele lugar público, mas toda a possível, não menos. As nossas mãos colavam-se, os nossos olhos comiam-se e os corações batiam provavelmente ao mesmo compasso rápido e rápido. Pelo menos foi a sensação com que me separei dela, após a viagem redonda a Niterói e São Domingos. Convidei-a a desembarcar em ambos os pontos, mas recusou; na volta, lembrei-lhe que nos metêssemos numa caleça fechada: "Que idéia faria de mim?", perguntou-me com gesto de pudor que a transfigurou. E despedimo-nos com prazo dado, jurando-lhe que eu não deixaria de ir vê-los, à noite, como de costume.

Como eu não tomei da pena para narrar a minha felicidade, deixo a parte deliciosa da aventura, com as suas entrevistas, cartas e palavras, e mais os sonhos e esperanças, as infinitas saudades e os renascentes desejos. Tais aventuras são como os almanaques, que, com todas as suas mudanças, hão de trazer os mesmos dias e meses, com os seus eternos nomes e santos. O nosso almanaque apenas durou um trimestre, sem quartos minguantes nem ocasos de sol. Maria era um modelo de graças finas, toda vida, toda movimento. Era baiana, como disse, fora educada no Rio Grande do Sul, na campanha, perto da fronteira. Quando lhe falei do seu primeiro encontro com X... no Teatro Provisório, dançando ao som de um pandeiro, disse-me que era verdade, fora ali vestida à castelhana e de máscara; e, como eu lhe pedisse a mesma cousa, menos a máscara, ou um simples lundu nosso, respondeu-me como quem recusa um perigo:

– Você poderia ficar doudo.
– Mas X... não ficou doudo.
– Ainda hoje não está em seu juízo, replicou Maria, rindo. Imagina que eu fazia isto só...

E em pé, num meneio rápido, deu uma volta ao corpo, que me fez ferver o sangue.

O trimestre acabou depressa, como os trimestres daquela casta. Maria faltou um dia à entrevista. Era tão pontual que fiquei tonto quando vi passar a hora. Cinco, dez, quinze minutos; depois vinte, depois trinta, depois quarenta... Não digo as vezes que andei de um lado para outro, na sala, no corredor, à espreita e à escuta, até que de todo passou a possibilidade de vir. Poupo a notícia do meu desespero, o tempo que rolei no chão, falando, gritando ou chorando. Quando cansei, escrevi-lhe uma longa carta; esperei que me escrevesse também, explicando a falta. Não mandei a carta, e à noite fui à casa deles.

Maria pôde explicar-me a falta pelo receio de ser vista e acompanhada por alguém que a perseguia desde algum tempo. Com efeito, havia-me já falado em não sei que vizinho que a cortejava com instância; uma vez disse-me que ele a seguira até à porta da minha casa. Acreditei na razão, e propus-lhe outro lugar de encontro, mas não lhe pareceu conveniente. Desta vez achou melhor suspendermos as nossas entrevistas, até fazer calar as suspeitas. Não sairia de casa. Não compreendi então que a principal verdade era ter cessado nela o ardor dos primeiros dias. Maria era outra, principalmente outra. E não podes imaginar o que vinha a ser essa bela criatura, que tinha em si o fogo e o gelo, e era mais ardente e mais fria que ninguém.

Quando me entrou a convicção de que tudo estava acabado, resolvi não voltar lá, mas nem por isso perdia a esperança; era para mim questão de esforço. A imaginação, que torna presentes os dias passados, fazia-me crer facilmente na possibilidade de restaurar as primeiras semanas. Ao cabo de cinco dias, voltei; não podia viver sem ela.

X... recebeu-me com o seu grande riso infante, os olhos puros, a mão forte e sincera; perguntou a razão da minha ausência. Aleguei uma febrezinha, e, para explicar o enfadamento que eu não podia vencer, disse que ainda me doía a cabeça. Maria compreendeu tudo; nem por isso se mostrou meiga ou compassiva, e, à minha saída, não foi até ao corredor, como de costume.

Tudo isto dobrou a minha angústia. A idéia de morrer entrou a passar-me pela cabeça; e, por uma simetria romântica, pensei em meter-me na barca de Niterói, que primeiro acolheu os nossos amores, e, no meio da baía, atirar-me ao mar. Não iniciei tal plano nem outro. Tendo encontrado casualmente o meu amigo Barreto, não vacilei em lhe dizer tudo; precisava de alguém para falar comigo mesmo. No fim pedi-lhe segredo; devia pedir-lhe que especialmente não contasse nada a Raimunda. Nessa mesma noite ela soube tudo. Raimunda era um espírito aventureiro, amigo de entresas e novidades. Não se lhe dava, talvez, de mim nem da outra, mas viu naquilo um lance, uma ocupação, e cuidou em reconciliar-nos; foi o que eu soube depois, e é o que dá lugar a este papel.

Falou-lhe uma e mais vezes. Maria quis negar a princípio, acabou confessando tudo, dizendo-se arrependida da cabeçada que dera. Usaria provavelmente de circunlóquios e sinônimos, frases vagas e truncadas, alguma vez empregaria só gestos. O texto que aí fica é o da própria Raimunda, que me mandou chamar à casa dela e me referiu todos os seus esforços, contente de si mesma.

– Mas não perca as esperanças, concluiu; eu disse-lhe que o senhor era capaz de matar-se.

– E sou.

– Pois não se mate por ora; espere.

No dia seguinte vi nos jornais uma lista de cidadãos que na véspera tinham ido ao quartel-general apresentar-se como voluntários da pátria, e nela o nome de X..., com o posto de capitão. Não acreditei logo; mas eram os mesmos, na mesma ordem, e uma das folhas fazia referências à família de X..., ao pai, que fora oficial de Marinha, e à figura esbelta e varonil do novo capitão; era ele mesmo.

A minha primeira impressão foi de prazer; íamos ficar sós. Ela não iria de vivandeira para o Sul. Depois, lembrou-me o que ele me disse acerca da guerra, e ri lhe ri alianho o seu alistamento de voluntário, ainda que o amor dos atos generosos e a nota cavalheiresca do espírito de X... pudessem explicá-lo. Nem de coronel iria, disse-me, e agora aceitava o posto de capitão. Enfim, Maria; como é que ele, que tanto lhe queria, ia separar-se dela repentinamente, sem paixão forte que o levasse à guerra?

Havia três semanas que eu não ia à casa deles. A notícia do alistamento justificava a minha visita imediata e dispensava-me de explicações. Almocei e fui. Compus um rosto ajustado à situação e entrei. X... veio à sala, depois de alguns minutos de espera. A cara desdizia das palavras; estas queriam ser alegres e leves, aquela era fechada e torva, além de pálida. Estendeu-me a mão, dizendo:

– Então, vem ver o capitão de voluntários?
– Venho ouvir o desmentido.
– Que desmentido? É pura verdade. Não sei como isto foi, creio que as últimas notícias... Você por que não vem comigo?
– Mas então é verdade?
– É.

Após alguns instantes de silêncio, meio sincero, por não saber realmente que dissesse, meio calculado, para persuadi-lo da minha consternação, murmurei que era melhor não ir, e falei-lhe na mãe. X... respondeu-me que a mãe aprovava; era viúva de militar. Fazia esforços para sorrir, mas a cara continuava a ser de pedra. Os olhos buscavam desviar-se, e geralmente não fitavam bem nem longo. Não conversamos muito; ele ergueu-se, alegando que ia liquidar um negócio, e pediu-me que voltasse a vê-lo. À porta, disse-me com algum esforço:

— Venha jantar um dia destes, antes da minha partida.

— Sim.

— Olhe, venha jantar amanhã.

— Amanhã?

— Ou hoje, se quiser.

— Amanhã.

Quis deixar lembranças a Maria; era natural e necessário, mas faltou-me o ânimo. Embaixo arrependi-me de o não ter feito. Recapitulei a conversação, achei-me atado e incerto; ele pareceu-me, além de frio, sobranceiro. Vagamente, senti alguma cousa mais. O seu aperto de mão tanto à entrada, como à saída, não me dera a sensação do costume.

Na noite desse dia, Barreto veio ter comigo, atordoado com a notícia da manhã, e perguntando-me o que sabia; disse-lhe que nada. Contei-lhe a minha visita da manhã, a nossa conversação, sem as minhas suspeitas.

— Pode ser engano, disse ele, depois de um instante

— Engano?

— Raimunda contou-me hoje que falara a Maria, que esta negara tudo a princípio, depois confessara, e recusara reatar as relações com você.

— Já sei.

— Sim, mas parece que da terceira vez foram pressentidas e ouvidas por ele, que estava na saleta ao pé. Maria correu a contar a Raimunda que ele mudara inteiramente; esta dispôs-se a sondá-lo, eu opus-me, até que li a notícia nos jornais. Vi-o na rua, andando: não tinha aquele gesto sereno de costume, mas o passo era forte.

Fiquei aturdido com a notícia, que confirmava a minha impressão. Nem por isso deixei de ir lá jantar no dia seguinte. Barreto quis ir também; percebi que era com o fim único de estar comigo, e recusei.

X... não dissera nada a Maria; achei-os na sala, e não me lembro de outra situação na vida em que me sentisse mais estranho a mim mesmo. Apertei-lhes a mão, sem olhar para ela. Creio que ela também desviou os olhos. Ele é que, com certeza, não nos observou; riscava um fósforo e acendia um cigarro. Ao jantar falou o mais naturalmente que pôde, ainda que frio. O rosto exprimia maior esforço que na véspera. Para explicar a possível alteração, disse-me que embarcaria no fim da semana, e que, à proporção que a hora ia chegando, sentia dificuldade em sair.

— Mas é só até fora da barra; lá fora torno a ser o que sou, e, na campanha, serei o que devo ser.

Usava dessas palavras rígidas, alguma vez enfáticas. Notei que Maria trazia os olhos pisados; soube depois que chorara muito e tivera grande luta com ele, na véspera, para que não embarcasse. Só conhecera a resolução pelos jornais, prova de alguma cousa mais particular que o patriotismo. Não falou à mesa, e a dor podia explicar o silêncio, sem nenhuma outra causa de constrangimento pessoal. Ao contrário, X... procurava falar muito, contava os batalhões, os oficiais novos, as probabilidades de vitória, e referia anedotas e boatos, sem curar de ligação. Às vezes, queria rir; para o fim, disse que naturalmente voltaria general, mas ficou tão carrancudo depois deste gracejo, que não tentou outro. O jantar acabou frio; fumamos, ele ainda quis falar da guerra, mas o assunto estava exausto. Antes de sair, convidei-o a ir jantar comigo.

– Não posso; todos os meus dias estão tomados.

– Venha almoçar.

– Também não posso. Faço uma cousa; na volta do Paraguai, o terceiro dia é seu.

Creio ainda hoje que o fim desta última frase era indicar que os dous primeiros dias seriam da mãe e de Maria; assim, qualquer suspeita que eu tivesse dos motivos secretos da resolução, devia dissipar-se. Nem bastou isso; disse-me que escolhesse uma prenda em lembrança, um livro, por exemplo. Preferi o seu último retrato, fotografado a pedido da mãe, com a farda de capitão de voluntários. Por dissimulação, quis que assinasse; ele prontamente escreveu: "Ao seu leal amigo Simão de Castro oferece o capitão de voluntários da pátria X..." O mármore do rosto era mais duro, o olhar mais torvo; passou os dedos pelo bigode, com um gesto convulso, e despedimo-nos.

No sábado embarcou. Deixou a Maria os recursos necessários para viver aqui, na Bahia, ou no Rio Grande do Sul; ela preferiu o Rio Grande, e partiu para lá, três semanas depois, a esperar que ele voltasse da guerra. Não a pude ver antes; fechara-me a porta, como já me havia fechado o rosto e o coração.

Antes de um ano, soube-se que ele morrera em combate, no qual se houve com mais denodo que perícia. Ouvi contar que primeiro perdera um braço, e que provavelmente a vergonha de ficar aleijado o fez atirar-se contra as armas inimigas, como quem queria acabar de vez. Esta versão podia ser exata, porque ele tinha desvanecimentos das belas formas; mas a causa foi complexa. Também me contaram que Maria, voltando do Rio Grande, morreu em Curitiba; outros dizem que foi acabar em Montevidéu. A filha não passou dos quinze anos.

Eu cá fiquei entre os meus remorsos e saudades; depois, só remorsos; agora admiração apenas, uma admiração particular, que não é grande senão por me fazer sentir pequeno. Sim, eu não era capaz de praticar o que ele praticou. Nem efetivamente conheci ninguém que se parecesse com X... E por que teimar nesta letra? Chamemo-lo pelo nome que lhe deram na pia, Emílio, o meigo, o forte, o simples Emílio.

SUJE-SE GORDO!

Uma noite, há muitos anos, passeava eu com um amigo no terraço do Teatro de São Pedro de Alcântara. Era entre o segundo e o terceiro ato da peça *A sentença ou o tribunal do júri*. Só me ficou o título, e foi justamente o título que nos levou a falar da instituição e de um fato que nunca mais me esqueceu.

– Fui sempre contrário ao júri, disse-me aquele amigo, não pela instituição em si, que é liberal, mas porque me repugna condenar alguém, e por aquele preceito do Evangelho: "Não queirais julgar para que não sejais julgados." Não obstante, servi duas vezes. O tribunal era então no antigo Aljube, fim da rua dos Ourives, princípio da ladeira da Conceição.

Tal era o meu escrúpulo que, salvo dous, absolvi todos os réus. Com efeito, os crimes não me pareceram provados; mas em dous processos eram muito mal feitos. O primeiro réu que condenei, era um moço limpo, acusado de haver furtado certa quantia, não grande, antes pequena, com falsificação de um papel. Não negou o fato, nem podia fazê-lo, contestou que lhe coubesse a iniciativa ou inspiração do crime. Alguém, que não citava, foi que lhe lembrou esse modo de acudir a uma necessidade urgente; mas Deus, que via os corações, daria ao criminoso verdadeiro o merecido castigo. Disse isso sem ênfase, triste, a palavra surda, os olhos mortos, com tal palidez que metia pena; o promotor público achou nessa mesma cor do gesto a confissão do crime. Ao contrário, o defensor mostrou que o abatimento e a palidez significavam a lástima da inocência caluniada.

Poucas vezes terei assistido a debate tão brilhante. O discurso do promotor foi curto, mas forte, indignado, com um tom que parecia ódio, e não era. A defesa, além do talento do advogado, tinha a circunstância de ser a estréia dele na tribuna. Parentes, colegas e amigos esperavam o primeiro discurso do rapaz, e não perderam na espera. O discurso foi admirável, e teria salvo o réu, se ele pudesse ser salvo, mas o crime metia-se pelos olhos dentro. O advogado morreu dous anos depois, em 1865. Quem sabe o que se perdeu nele! Eu, acredite, quando vejo morrer um moço de talento, sinto mais que quando morre um velho... Mas vamos ao que ia contando. Houve réplica do promotor e tréplica do defensor. O presidente do tribunal resumiu os debates, e, lidos os quesitos, foram entregues ao presidente do Conselho, que era eu.

Não digo o que se passou na sala secreta; além de ser secreto o que lá se passou, não interessa ao caso particular, que era melhor ficasse também calado, confesso. Contarei depressa; o terceiro ato não tarda.

Um dos jurados do Conselho, cheio de corpo e ruivo, parecia mais que ninguém convencido do delito e do delinqüente. O processo foi examinado, os quesitos lidos, e as respostas dadas (onze votos contra um); só o jurado ruivo estava inquieto. No fim, como os votos assegurassem a condenação, ficou satisfeito, disse que seria um ato de fraqueza, ou cousa pior, a absolvição que lhe déssemos. Um dos jurados, certamente o que votara pela negativa – proferiu algumas palavras de defesa do moço. O ruivo – chamava-se Lopes – replicou com aborrecimento:

– Como, senhor? Mas o crime do réu está mais que provado.

– Deixemos de debate, disse eu, e todos concordaram comigo.

– Não estou debatendo, estou defendendo o meu voto, continuou Lopes. O crime está mais que provado. O sujeito nega, porque todo o réu nega, mas o certo é que ele cometeu a falsidado, o que falaridade! Tudo por uma miséria, duzentos mil-réis! Suje-se gordo! Quer sujar-se! Suje-se gordo!

"Suje-se gordo!" Confesso-lhe que fiquei de boca aberta, não que entendesse a frase, ao contrário, nem a entendi nem a achei limpa, e foi por isso mesmo que fiquei de boca aberta. Afinal caminhei e bati à porta; abriram-nos, fui à mesa do juiz, dei as respostas do Conselho e o réu saiu condenado. O advogado apelou; se a sentença foi confirmada ou a apelação aceita, não sei; perdi o negócio de vista.

Quando saí do tribunal, vim pensando na frase do Lopes, e pareceu-me entendê-la. "Suje-se gordo!" era como se dissesse que o condenado era mais que ladrão, era um ladrão reles, um ladrão de nada. Achei esta explicação na esquina da rua de São Pedro; vinha ainda pela dos Ourives. Cheguei a desandar um pouco, a ver se descobria o Lopes para lhe apertar a mão; nem sombra de Lopes. No dia seguinte, lendo nos jornais os nossos nomes, dei com o nome todo dele; não valia a pena procurá-lo, nem me ficou de cor. Assim são as páginas da vida, como dizia meu filho quando fazia versos, e acrescentava que as páginas vão passando umas sobre outras, esquecidas apenas lidas. Rimava assim, mas não me lembra a forma dos versos.

Em prosa disse-me ele, muito tempo depois, que eu não devia faltar ao júri, para o qual acabava de ser designado. Respondi-lhe que não compareceria, e citei o preceito evangélico; ele teimou, dizendo ser um dever de cidadão, um serviço gratuito, que ninguém que se prezasse podia negar ao seu país. Fui e julguei três processos.

Um destes era de um empregado do Banco do Trabalho Honrado, o caixa, acusado de um desvio de dinheiro. Ouvira falar no caso, que os jornais deram sem grande minúcia, e aliás eu lia pouco as notícias de crimes. O acusado apareceu e foi sentar-se no famoso banco dos réus. Era um homem magro e ruivo. Fitei-o bem, e estremeci; pareceu-me ver o meu colega daquele julgamento de anos antes. Não poderia reconhecê-lo logo por estar agora magro, mas era a mesma cor dos cabelos e das barbas, o mesmo ar, e por fim a mesma voz e o mesmo nome: Lopes.

– Como se chama? perguntou o presidente.

– Antônio do Carmo Ribeiro Lopes.

Já me não lembravam os três primeiros nomes, o quarto era o mesmo, e os outros sinais vieram confirmando as reminiscências; não me tardou reconhecer a pessoa exata daquele dia remoto. Digo-lhe aqui com verdade que todas essas circunstâncias me impediram de acompanhar atentamente o interrogatório, e muitas coisas me escaparam. Quando me dispus a ouvi-lo bem, estava quase no fim. Lopes negava com firmeza tudo o que lhe era perguntado, ou respondia de maneira que trazia uma complicação no processo. Circulava os olhos sem medo nem ansiedade; não sei até se com uma pontinha de riso nos cantos da boca.

Seguiu-se a leitura do processo. Era uma falsidade e um desvio de cento e dez contos de réis. Não lhe digo como se descobriu o crime nem o criminoso, por já ser tarde; a orquestra está afinando os instrumentos. O que lhe digo com certeza é que a leitura dos autos me impressionou muito, o inquérito, os documentos, a tentativa de fuga do caixa e uma série de circunstâncias agravantes; por fim o depoimento das testemunhas. Eu ouvia ler ou falar e olhava para o Lopes. Também ele ouvia, mas com o rosto alto, mirando o escrivão, o presidente, o teto e as pessoas que o iam julgar; entre elas eu. Quando olhou para mim, não me reconheceu; fitou-me algum tempo e sorriu, como fazia aos outros.

Todos esses gestos do homem serviram à acusação e à defesa, tal como serviram, tempos antes, os gestos contrários do outro acusado. O promotor achou neles a revelação clara do cinismo, o advogado mostrou que só a inocência e a certeza da absolvição podiam trazer aquela paz de espírito.

Enquanto os dous oradores falavam, vim pensando na fatalidade de estar ali, no mesmo banco do outro, este homem que votara a condenação dele, e naturalmente repeti comigo o texto evangélico: "Não queirais julgar, para que não sejais julgados." Confesso-lhe que mais de uma vez me senti frio. Não é que eu mesmo viesse a cometer algum desvio de dinheiro, mas podia, em ocasião de raiva, matar alguém ou ser caluniado de desfalque. Aquele que julgava outrora era agora julgado também.

Ao pé da palavra bíblica lembrou-me de repente a do mesmo Lopes: "Suje-se gordo!" Não imagina o sacudimento que me deu esta lembrança. Evoquei tudo o que contei agora, o discursinho que lhe ouvi na sala secreta, até àquelas palavras: "Suje-se gordo!" Vi que não era um ladrão reles, um ladrão de nada, sim de grande valor. O verbo é que definia duramente a ação. "Suje-se gordo!" Queria dizer que o homem não se devia levar a um ato daquela espécie sem a grossura da soma. A ninguém cabia sujar-se por quatro patacas. Quer sujar-se? Suje-se gordo!

Idéias e palavras iam assim rolando na minha cabeça, sem eu dar pelo resumo dos debates que o presidente do tribunal fazia. Tinha acabado, leu os quesitos e recolhemo-nos à sala secreta. Posso dizer-lhe aqui em particular que votei afirmativamente, tão certo me pareceu o desvio dos cento e dez contos. Havia, entre outros documentos, uma carta de Lopes que fazia evidente o crime. Mas parece que nem todos leram com os mesmos olhos que eu. Votaram comigo dous jurados. Nove negaram a criminalidade do Lopes, a sentença de absolvição foi lavrada e lida, e o acusado saiu para a rua. A diferença da votação era tamanha que cheguei a duvidar comigo se teria acertado. Podia ser que não. Agora mesmo sinto uns repelões de consciência. Felizmente, se o Lopes não cometeu deveras o crime, não recebeu a pena do meu voto, e esta consideração acaba por me consolar do erro, mas os repelões voltam. O melhor de tudo é não julgar ninguém para não vir a ser julgado. Suje-se gordo! Suje-se magro! Suje-se como lhe parecer! O mais seguro é não julgar ninguém... Acabou a música, vamos para as nossas cadeiras.

UMAS FÉRIAS

Vieram dizer ao mestre-escola que alguém lhe queria falar.
— Quem é?
— Diz que meu senhor não o conhece, respondeu o preto.
— Que entre.
Houve um movimento geral de cabeças na direção da porta do corredor, por onde devia entrar a pessoa desconhecida. Éramos não sei quantos meninos na escola. Não tardou que aparecesse uma figura rude, tez queimada, cabelos compridos, sem sinal de pente, a roupa amarrotada, não me lembra bem a cor nem a fazenda, mas provavelmente era brim pardo. Todos ficaram esperando o que vinha dizer o homem, eu mais que ninguém, porque ele era meu tio, roceiro, morador em Guaratiba. Chamava-se tio Zeca.

Tio Zeca foi ao mestre e falou-lhe baixo. O mestre fê-lo sentar, olhou para mim, e creio que lhe perguntou alguma cousa, porque tio Zeca entrou a falar demorado, muito explicativo. O mestre insistiu, ele respondeu, até que o mestre, voltando-se para mim, disse alto:

– Sr. José Martins, pode sair.

A minha sensação de prazer foi tal que venceu a de espanto. Tinha dez anos apenas, gostava de folgar, não gostava de aprender. Um chamado de casa, o próprio tio, irmão de meu pai, que chegara na véspera de Guaratiba, era naturalmente alguma festa, passeio, qualquer cousa. Corri a buscar o chapéu, meti o livro de leitura no bolso e desci as escadas da escola, um sobradinho da rua do Senado. No corredor beijei a mão a tio Zeca. Na rua fui andando ao pé dele, amiudando os passos, e levantando a cara. Ele não me dizia nada, eu não me atrevia a nenhuma pergunta. Pouco depois chegávamos ao colégio de minha irmã Felícia; disse-me que esperasse, entrou, subiu, desceram, e fomos os três caminho de casa. A minha alegria agora era maior. Certamente havia festa em casa, pois que íamos os dous, ela e eu; íamos na frente, trocando as nossas perguntas e conjeturas. Talvez anos de tio Zeca. Voltei a cara para ele; vinha com os olhos no chão, provavelmente para não cair.

Fomos andando. Felícia era mais velha que eu um ano. Calçava sapato raso, atado ao peito do pé por duas fitas cruzadas, vindo acabar acima do tornozelo com laço. Eu, botins de cordovão, já gastos. As calcinhas dela pegavam com a fita dos sapatos; as minhas calças, largas, caíam sobre o peito do pé; eram de chita. Uma ou outra vez parávamos, ela para admirar as bonecas à porta dos armarinhos, eu para ver, à porta das vendas, algum papagaio que descia e subia pela corrente de ferro atada ao pé. Geralmente, era meu conhecido, mas papagaio não cansa em tal idade. Tio Zeca é que nos tirava do espetáculo industrial ou natural.

– Andem, dizia ele em voz sumida. E nós andávamos, até que outra curiosidade nos fazia deter o passo. Entretanto, o principal era a festa que nos esperava em casa.

– Não creio que sejam anos de tio Zeca, disse-me Felícia.

– Por quê?

– Parece meio triste.

– Triste, não, parece carrancudo.

– Ou carrancudo. Quem faz anos tem a cara alegre.

– Então serão anos de meu padrinho...

– Ou de minha madrinha...

– Mas por que é que mamãe nos mandou para a escola?

– Talvez não soubesse.

– Há de haver jantar grande...

– Com doce...

– Talvez dancemos.

Fizemos um acordo: podia ser festa, sem aniversário de ninguém. A sorte grande, por exemplo. Ocorreu-me também que podiam ser eleições. Meu padrinho era candidato a vereador; embora eu não soubesse bem o que era candidatura nem vereação, tanto ouvira falar em vitória próxima que a achei certa e ganha. Não sabia que a eleição era ao domingo, e o dia era sexta-feira. Imaginei bandas de música, vivas e palmas, e nós, meninos, pulando, rindo, comendo cocadas. Talvez houvesse espetáculo à noite; fiquei meio tonto. Tinha ido uma vez ao teatro, e voltei dormindo, mas no dia seguinte estava tão contente que morria por lá tornar, posto não houvesse entendido nada do que ouvira. Vira muita cousa, isto sim, cadeiras ricas, tronos, lanças compridas, cenas que mudavam à vista, passando de uma sala a um bosque, e do bosque a uma rua. Depois, os personagens, todos príncipes. Era assim que chamávamos aos que vestiam calção de seda, sapato de fivela ou botas, espada, capa de veludo, gorra com pluma. Também houve bailado. As bailarinas e os bailarinos falavam com os pés e as mãos, trocando de posição e um sorriso constante na boca. Depois os gritos do público e as palmas...

Já duas vezes escrevi palmas; é que as conhecia bem. Felícia, a quem comuniquei a possibilidade do espetáculo, não me pareceu gostar muito, mas também não recusou nada. Iria ao teatro. E quem sabe se não seria em casa, teatrinho de bonecos? Íamos nessas conjeturas, quando tio Zeca nos disse que esperássemos; tinha parado a conversar com um sujeito.

Paramos, à espera. A idéia da festa, qualquer que fosse, continuou a agitar-nos, mais a mim que a ela. Imaginei trinta mil cousas, sem acabar nenhuma, tão precipitadas vinham, e tão confusas que não as distinguia, pode ser até que se repetissem. Felícia chamou a minha atenção para dous moleques de carapuça encarnada, que passavam carregando canas – o que nos lembrou as noites de Santo Antônio e São João, já lá idas. Então falei-lhe das fogueiras do nosso quintal, das bichas que queimamos, das rodinhas, das pistolas e das danças com outros meninos. Se houvesse agora a mesma cousa... Ah! Lembrou-me que era ocasião de deitar à fogueira o livro da escola, e o dela também, com os pontos de costura que estava aprendendo.

– Isso não, acudiu Felícia.
– Eu queimava o meu livro.
– Papai comprava outro.
– Enquanto comprasse, eu ficava brincando em casa; aprender é muito aborrecido.

Nisto estávamos, quando vimos tio Zeca e o desconhecido ao pé de nós. O desconhecido pegou-nos nos queixos e levantou-nos a cara para ele, fitou-nos com seriedade, deixou-nos e despediu-se.

— Nove horas? Lá estarei, disse ele.
— Vamos, disse-nos tio Zeca.

Quis perguntar-lhe quem era aquele homem, e até me pareceu conhecê-lo vagamente. Felícia também. Nenhum de nós acertava com a pessoa; mas a promessa de lá estar às nove horas dominou o resto. Era festa, algum baile, conquanto às nove horas costumássemos ir para a cama. Naturalmente, por exceção, estaríamos acordados. Como chegássemos a um rego de lama, peguei da mão de Felícia, e transpusemo-lo de um salto, tão violento que quase me caiu o livro. Olhei para tio Zeca, a ver o efeito do gesto; vi-o abanar a cabeça com reprovação. Ri, ela sorriu, e fomos pela calçada adiante.

Era o dia dos desconhecidos. Desta vez estavam em burros, e um dos dous era mulher. Vinham da roça. Tio Zeca foi ter com eles ao meio da rua, depois de dizer que esperássemos. Os animais pararam, creio que de si mesmos, por também conhecerem a tio Zeca, idéia que Felícia reprovou com o gesto, e que eu defendi rindo. Teria apenas meia convicção; tudo era folgar. Fosse como fosse, esperamos os dous, examinando o casal de roceiros. Eram ambos magros, a mulher mais que o marido, e também mais moça; ele tinha os cabelos grisalhos. Não ouvimos o que disseram, ele e tio Zeca; vimo-lo, sim, o marido olhar para nós com ar de curiosidade, e falar à mulher, que também nos deitou os olhos, agora com pena ou cousa parecida. Enfim apartaram-se, tio Zeca veio ter conosco e enfiamos para casa.

A casa ficava na rua próxima, perto da esquina. Ao dobrarmos esta, vimos os portais da casa forrados de preto – o que nos encheu de espanto. Instintivamente paramos e voltamos a cabeça para tio Zeca. Este veio a nós, deu a mão a cada um e ia a dizer alguma palavra que lhe ficou na garganta; andou, levando-nos consigo. Quando chegamos, as portas estavam meio cerradas. Não sei se lhes disse que era um armarinho. Na rua, curiosos. Nas janelas fronteiras e laterais, cabeças aglomeradas. Houve certo rebuliço quando chegamos. É natural que eu tivesse a boca aberta, como Felícia. Tio Zeca empurrou uma das meias-portas; entramos os três, ele tornou a cerrá-la, meteu-se pelo corredor e fomos à sala de jantar e à alcova.

Dentro, ao pé da cama, estava minha mãe com a cabeça entre as mãos. Sabendo da nossa chegada, ergueu-se de salto, veio abraçar-nos entre lágrimas, bradando:

– Meus filhos, vosso pai morreu!

A comoção foi grande, por mais que o confuso e o vago entorpecessem a consciência da notícia. Não tive forças para andar, e teria medo de o fazer. Morto como? Morto por quê? Estas duas perguntas, se as meto aqui, é para dar seguimento à ação; naquele momento não perguntei nada a mim nem a ninguém. Ouvi as palavras de minha mãe, que se repetiam em mim, e os seus soluços, que eram grandes. Ela pegou em nós e arrastou-nos para a cama, onde jazia o cadáver do marido; e fez-nos beijar-lhe a mão. Tão longe estava eu daquilo que, apesar de tudo, não entendera nada a princípio; a tristeza e o silêncio das pessoas que rodeavam a cama ajudaram a explicar que meu pai morrera deveras. Não se tratava de um dia santo, com a sua folga e recreio, não era festa, não eram as horas breves ou longas, para a gente desfiar em casa, arredada dos castigos da escola. Que essa queda de um sonho tão bonito fizesse crescer a minha dor de filho não é cousa que possa afirmar ou negar; melhor é calar. O pai ali estava defunto, sem pulos, nem danças, nem risadas, nem bandas de música, cousas todas também defuntas. Se me houvessem dito à saída da escola por que é que me iam lá buscar, é claro que a alegria não houvera penetrado o coração, donde era agora expelida a punhadas.

O enterro foi no dia seguinte às nove horas da manhã, e provavelmente lá estava aquele amigo de tio Zeca que se despediu na rua, com a promessa de ir às nove horas. Não vi as cerimônias; alguns vultos, poucos, vestidos de preto, lembra-me que vi. Meu padrinho, dono de um trapiche, lá estava, e a mulher também, que me levou a uma alcova dos fundos para me mostrar gravuras. Na ocasião da saída, ouvi os gritos de minha mãe, o rumor dos passos, algumas palavras abafadas de pessoas que pegavam nas alças do caixão, creio eu: – "vire de lado, – mais à esquerda, – assim, segure bem..." Depois, ao longe, o coche andando e as seges atrás dele...

Lá iam meu pai e as férias! Um dia de folga sem folguedo! Não, não foi um dia, mas oito, oito dias de nojo, durante os quais alguma vez me lembrei do colégio. Minha mãe chorava, cosendo o luto, entre duas visitas de pêsames. Eu também chorava; não via meu pai às horas do costume, não lhe ouvia as palavras à mesa ou ao balcão, nem as carícias que dizia aos pássaros. Que ele era muito amigo de pássaros, e tinha três ou quatro, em gaiolas. Minha mãe vivia calada. Quase que só falava às pessoas de fora. Foi assim que eu soube que meu pai morrera de apoplexia. Ouvi esta notícia muitas vezes; as visitas perguntavam pela causa da morte, e ela referia tudo, a hora, o gesto, a ocasião: tinha ido beber água, e enchia um copo, à janela da área. Tudo decorei, à força de ouvi-lo contar.

Nem por isso os meninos do colégio deixavam de vir espiar para dentro da minha memória. Um deles chegou a perguntar-me quando é que eu voltaria.

– Sábado, meu filho, disse minha mãe, quando lhe repeti a pergunta imaginada; a missa é sexta-feira. Talvez seja melhor voltar na segunda.

— Antes sábado, emendei.
— Pois sim, concordou.

Não sorria; se pudesse, sorriria de gosto ao ver que eu queria voltar mais cedo à escola. Mas, sabendo que eu não gostava de aprender, como entenderia a emenda? Provavelmente, deu-lhe algum sentido superior, conselho do céu ou do marido. Em verdade, eu não folgava, se lerdes isto com o sentido de rir. Com o de descansar também não cabe, porque minha mãe fazia-me estudar, e, tanto como o estudo, aborrecia-me a atitude. Obrigado a estar sentado, com o livro nas mãos, a um canto ou à mesa, dava ao diabo o livro, a mesa e a cadeira. Usava um recurso que recomendo aos preguiçosos: deixava os olhos na página e abria a porta à imaginação. Corria a apanhar as flechas dos foguetes, a ouvir os realejos, a bailar com meninas, a cantar, a rir, a espancar de mentira ou de brincadeira, como for mais claro.

Uma vez, como desse por mim a andar na sala sem ler, minha mãe repreendeu-me, e eu respondi que estava pensando em meu pai. A explicação fê-la chorar, e, para dizer tudo, não era totalmente mentira; tinha-me lembrado o último presentinho que ele me dera, e entrei a vê-lo com o mimo na mão.

Felícia vivia tão triste como eu, mas confesso a minha verdade, a causa principal não era a mesma. Gostava de brincar, mas não sentia a ausência do brinco, não se lhe dava de acompanhar a mãe, coser com ela, e uma vez fui achá-la a enxugar-lhe os olhos. Meio vexado, pensei em imitá-la, e meti a mão no bolso para tirar o lenço. A mão entrou sem ternura, e, não achando o lenço, saiu sem pesar. Creio que ao gesto não faltava só originalidade, mas sinceridade também.

Não me censurem. Sincero fui longos dias calados e reclusos. Quis uma vez ir para o armarinho, que se abriu depois do enterro, onde o caixeiro continuou a servir. Conversaria com este, assistiria à venda de linhas e agulhas, à medição de fitas, iria à porta, à calçada, à esquina da rua… Minha mãe sufocou este sonho pouco depois dele nascer. Mal chegara ao balcão, mandou-me buscar pela escrava; lá fui para o interior da casa e para o estudo. Arrepelei-me, apertei os dedos à guisa de quem quer dar murro; não me lembra se chorei de raiva.

O livro lembrou-me a escola, e a imagem da escola consolou-me. Já então lhe tinha grandes saudades. Via de longe as caras dos meninos, os nossos gestos de troça nos bancos, e os saltos à saída. Senti cair-me na cara uma daquelas bolinhas de papel com que nos espertávamos uns aos outros, e fiz a minha e atirei-a ao meu suposto espertador. A bolinha, como acontecia às vezes, foi cair na cabeça de terceiro, que se desforrou depressa. Alguns, mais tímidos, limitavam-se a fazer caretas. Não era folguedo franco, mas já me valia por ele. Aquele degredo que eu deixei tão alegremente com tio Zeca parecia-me agora um céu remoto, e tinha medo de o perder. Nenhuma festa em casa, poucas palavras, raro movimento. Foi por esse tempo que eu desenhei a lápis maior número de gatos nas margens do livro de leitura; gatos e porcos. Não alegrava, mas distraía.

A missa do sétimo dia restituiu-me à rua; no sábado não fui à escola, fui à casa de meu padrinho, onde pude falar um pouco mais, e no domingo estive à porta da loja. Não era alegria completa. A total alegria foi segunda-feira, na escola. Entrei vestido de preto, fui mirado com curiosidade, mas tão outro ao pé dos meus condiscípulos, que me esqueceram as férias sem gosto, e achei uma grande alegria sem férias.

EVOLUÇÃO

Chamo-me Inácio; ele, Benedito. Não digo o resto dos nossos nomes por um sentimento de compostura, que toda a gente discreta apreciará. Inácio basta. Contentem-se com Benedito. Não é muito, mas é alguma cousa, e está com a filosofia de Julieta: "Que valem nomes, perguntava ela ao namorado. A rosa, como quer que se lhe chame, terá sempre o mesmo cheiro." Vamos ao cheiro do Benedito.

E desde logo assentemos que ele era o menos Romeu deste mundo. Tinha quarenta e cinco anos, quando o conheci; não declaro em que tempo, porque tudo neste conto há de ser misterioso e truncado. Quarenta e cinco anos, e muitos cabelos pretos; para os que o não eram, usava um processo químico, tão eficaz que não se lhe distinguiam os pretos dos outros – salvo ao levantar da cama; mas ao levantar da cama não aparecia a ninguém. Tudo mais era natural, pernas, braços, cabeça, olhos, roupa, sapatos, corrente do relógio e bengala. O próprio alfinete de diamante, que trazia na gravata, um dos mais lindos que tenho visto, era natural e legítimo; custou-lhe bom dinheiro; eu mesmo o vi comprar na casa do... lá me ia escapando o nome do joalheiro; – fiquemos na rua do Ouvidor.

Moralmente, era ele mesmo. Ninguém muda de caráter, e o do Benedito era bom, ou para melhor dizer, pacato. Mas, intelectualmente, é que ele era menos original. Podemos compará-lo a uma hospedaria bem afreguesada, aonde iam ter idéias de toda parte e de toda sorte, que se sentavam à mesa com a família da casa. Às vezes, acontecia acharem-se ali duas pessoas inimigas, ou simplesmente antipáticas; ninguém brigava, o dono da casa impunha aos hóspedes a indulgência recíproca. Era assim que ele conseguia ajustar uma espécie de ateísmo vago com duas irmandades que fundou, não sei se na Gávea, na Tijuca ou no Engenho Velho. Usava assim, promiscuamente, a devoção, a irreligião e as meias de seda. Nunca lhe vi as meias, note-se; mas ele não tinha segredos para os amigos.

Conhecemo-nos em viagem para Vassouras. Tínhamos deixado o trem e entrado na diligência que nos ia levar da estação à cidade. Trocamos algumas palavras, e não tardou conversarmos francamente, ao sabor das circunstâncias que nos impunham a convivência, antes mesmo de saber quem éramos.

Naturalmente, o primeiro objeto foi o progresso que nos traziam as estradas de ferro. Benedito lembrava-se do tempo em que toda a jornada era feita às costas de burro. Contamos então algumas anedotas, falamos de alguns nomes, e ficamos de acordo em que as estradas de ferro eram uma condição de progresso do país. Quem nunca viajou não sabe o valor que tem uma dessas banalidades graves e sólidas para dissipar os tédios do caminho. O espírito areja-se, os próprios músculos recebem uma comunicação agradável, o sangue não salta, fica-se em paz com Deus e os homens.

– Não serão os nossos filhos que verão todo este país cortado de estradas, disse ele.

– Não, decerto. O senhor tem filhos?

– Nenhum.

– Nem eu. Não será ainda em cinqüenta anos; e, entretanto, é a nossa primeira necessidade. Eu comparo o Brasil a uma criança que está engatinhando; só começará a andar quando tiver muitas estradas de ferro.

– Bonita idéia! exclamou Benedito faiscando-lhe os olhos.

– Importa-me pouco que seja bonita, contanto que seja justa.

— Bonita e justa, redargüiu ele com amabilidade. Sim, o senhor tem razão: o Brasil está engatinhando; só começará a andar quando tiver muitas estradas de ferro.

Chegamos a Vassouras; eu fui para a casa do juiz municipal, camarada antigo; ele demorou-se um dia e seguiu para o interior. Oito dias depois voltei ao Rio de Janeiro, mas sozinho. Uma semana mais tarde, voltou ele; encontramo-nos no teatro, conversamos muito e trocamos notícias; Benedito acabou convidando-me a ir almoçar com ele no dia seguinte. Fui; deu-me um almoço de príncipe, bons charutos e palestra animada. Notei que a conversa dele fazia mais efeito no meio da viagem – arejando o espírito e deixando a gente em paz com Deus e os homens; mas devo dizer que o almoço pode ter prejudicado o resto. Realmente era magnífico; e seria impertinência histórica pôr a mesa de Luculo na casa de Platão. Entre o café e o conhaque, disse-me ele, apoiando o cotovelo na borda da mesa, e olhando para o charuto que ardia:

— Na minha viagem agora, achei ocasião de ver como o senhor tem razão com aquela idéia do Brasil engatinhando.

— Ah!

— Sim, senhor; é justamente o que o *senhor dizia* na diligência de Vassouras. Só começaremos a andar quando tivermos muitas estradas de ferro. Não imagina como isso é verdade.

E referiu muita cousa, observações relativas aos costumes do interior, dificuldades da vida, atraso, concordando, porém, nos bons sentimentos da população e nas aspirações de progresso. Infelizmente, o governo não correspondia às necessidades da pátria; parecia até interessado em mantê-la atrás das outras nações americanas. Mas era indispensável que nos persuadíssemos de que os princípios são tudo e os homens nada. Não se fazem os povos para os governos, mas os governos para os povos; e *abyssus abyssum invocat*. Depois foi mostrar-me outras salas. Eram todas alfaiadas com apuro. Mostrou-me as coleções de quadros, de moedas, de livros antigos, de selos, de armas; tinha espadas e floretes, mas confessou que não sabia esgrimir. Entre os quadros vi um lindo retrato de mulher; perguntei-lhe quem era. Benedito sorriu.

– Não irei adiante, disse eu sorrindo também.

– Não, não há que negar, acudiu ele; foi uma moça de quem gostei muito. Bonita, não? Não imagina a beleza que era. Os lábios eram mesmo de carmim e as faces de rosa; tinha os olhos negros, cor da noite. E que dentes! Verdadeiras pérolas. Um mimo da natureza.

Em seguida, passamos ao gabinete. Era vasto, elegante, um pouco trivial, mas não lhe faltava nada. Tinha duas estantes, cheias de livros muito bem encadernados, um mapa-múndi, dous mapas do Brasil. A secretária era de ébano, obra fino, sobre ela, casualmente aberto, um almanaque de Laemmert. O tinteiro era de cristal – "cristal de rocha", disse-me ele, explicando o tinteiro, como explicava as outras cousas. Na sala contígua havia um órgão. Tocava órgão, e gostava muito de música, falou dela com entusiasmo, citando as óperas, os trechos melhores, e noticiou-me que, em pequeno, começara a aprender flauta; abandonou-a logo, o que foi pena, concluiu, porque é, na verdade, um instrumento muito saudoso. Mostrou-me ainda outras salas; fomos ao jardim, que era esplêndido, tanto ajudava a arte à natureza, e tanto a natureza coroava a arte. Em rosas, por exemplo (não há negar, disse-me ele, que é a rainha das flores), em rosas, tinha-as de toda casta e de todas as regiões.

Saí encantado. Encontramo-nos algumas vezes; na rua, no teatro, em casa de amigos comuns, tive ocasião de apreciá-lo. Quatro meses depois fui à Europa, negócio que me obrigava à ausência de um ano; ele ficou cuidando da eleição; queria ser deputado. Fui eu mesmo que o induzi a isso, sem a menor intenção política, mas com o único fim de lhe ser agradável; mal comparando, era como se lhe elogiasse o corte do colete. Ele pegou da idéia e apresentou-se. Um dia, atravessando uma rua de Paris, dei subitamente com o Benedito.

– Que é isto? exclamei.

— Perdi a eleição, disse ele, e vim passear à Europa.

Não me deixou mais; viajamos juntos o resto do tempo. Confessou-me que a perda da eleição não lhe tirara a idéia de entrar no parlamento. Ao contrário, incitara-o mais. Falou-me de um grande plano.

— Quero vê-lo ministro, disse-lhe.

Benedito não contava com esta palavra, o rosto iluminou-se-lhe; mas disfarçou depressa.

— Não digo isso, respondeu. Quando, porém, seja ministro, creia que serei tão-somente ministro industrial. Estamos fartos de partidos: precisamos desenvolver as forças vivas do país, os seus grandes recursos. Lembra-se do que *nós dizíamos* na diligência de Vassouras? O Brasil está engatinhando; só andará com estradas de ferro...

— Tem razão, concordei um pouco espantado. E por que é que eu mesmo vim à Europa? Vim cuidar de uma estrada de ferro. Deixo as cousas arranjadas em Londres.

— Sim?

— Perfeitamente.

Mostrei-lhe os papéis, ele viu-os deslumbrado. Como eu tivesse então recolhido alguns apontamentos, dados estatísticos, folhetos, relatórios, cópias de contratos, tudo referente a matérias industriais, e lhos mostrasse, Benedito declarou-me que ia também coligir algumas cousas daquelas. E, na verdade, vi-o andar por ministérios, bancos, associações, pedindo muitas notas e opúsculos, que amontoava nas malas; mas o ardor com que o fez, se foi intenso, foi curto, era de empréstimo. Benedito recolheu com muito mais gosto os anexins políticos e fórmulas parlamentares. Tinha na cabeça um vasto arsenal deles. Nas conversas comigo repetia-os muita vez, à laia de experiência; achava neles grande prestígio e valor inestimável. Muitos eram de tradição inglesa, e ele os preferia aos outros, como trazendo em si um pouco da Câmara dos Comuns. Saboreava-os tanto que eu não sei se ele aceitaria jamais a liberdade real sem aquele aparelho verbal; creio que não. Creio até que, se tivesse de optar, optaria por essas formas curtas, tão cômodas, algumas lindas, outras sonoras, todas axiomáticas, que não forçam a reflexão, preenchem os vazios, e deixam a gente em paz com Deus e os homens.

Regressamos juntos; mas eu fiquei em Pernambuco, e tornei mais tarde a Londres, donde vim ao Rio de Janeiro, um ano depois. Já então Benedito era deputado. Fui visitá-lo, achei-o preparando o discurso de estréia. Mostrou-me alguns apontamentos, trechos de relatórios, livros de economia política, alguns com páginas marcadas, por meio de tiras de papel rubricadas assim: – *Câmbio, Taxa das terras, Questão dos cereais em Inglaterra, Opinião de Stuart Mill, Erro de Thiers sobre caminhos de ferro*, etc. Era sincero, minucioso e cálido. Falava-me daquelas cousas, como se acabasse de as descobrir, expondo-me tudo, *ab ovo*; tinha a peito mostrar aos homens práticos da Câmara que também ele era prático. Em seguida, perguntou-me pela empresa; disse-lhe o que havia.

– Dentro de dous anos conto inaugurar o primeiro trecho da estrada.

– E os capitalistas ingleses?
– Que tem?
– Estão contentes, esperançados?
– Muito; não imagina.

Contei-lhe algumas particularidades técnicas, que ele ouviu distraidamente – ou porque a minha narração fosse em extremo complicada, ou por outro motivo. Quando acabei, disse-me que estimava ver-me entregue ao movimento industrial; era dele que precisávamos, e a este propósito fez-me o favor de ler o exórdio do discurso que devia proferir dali a dias.

– Está ainda em borrão, explicou-me; mas as idéias capitais ficam. E começou: "No meio da agitação crescente dos espíritos, do alarido partidário que encobre as vozes dos legítimos interesses, permiti que alguém faça ouvir uma súplica da nação. Senhores, é tempo de cuidar exclusivamente – notai que digo exclusivamente – dos melhoramentos materiais do país. Não desconheço o que se me pode replicar; dir-me-eis que uma nação não se compõe só de estômago para digerir, mas de cabeça para pensar e de coração para sentir. Respondo-vos que tudo isso não valerá nada ou pouco, se ela não tiver pernas para caminhar; e aqui repetirei o que, há alguns anos, *dizia eu* a um amigo, em viagem pelo interior: o Brasil é uma criança que engatinha; só começará a andar quando estiver cortado de estradas de ferro..."

Não pude ouvir mais nada e fiquei pensativo. Mais que pensativo, fiquei assombrado, desvairado diante do abismo que a psicologia rasgava aos meus pés. "Este homem é sincero", pensei comigo, "está persuadido do que escreveu." E fui por aí abaixo até ver se achava a explicação dos trâmites por que passou aquela recordação da diligência de Vassouras. Achei (perdoem-me se há nisto enfatuação), achei ali mais um efeito da lei da evolução, tal como a definiu Spencer – Spencer ou Benedito, um deles.

PÍLADES E ORESTES

Quintanilha engendrou Gonçalves. Tal era a impressão que davam os dous juntos, não que se parecessem. Ao contrário, Quintanilha tinha o rosto redondo, Gonçalves comprido, o primeiro era baixo e moreno, o segundo alto e claro, e a expressão total divergia inteiramente. Acresce que eram quase da mesma idade. A idéia da paternidade nascia das maneiras com que o primeiro tratava o segundo; um pai não se desfaria mais em carinhos, cautelas e pensamentos.

Tinham estudado juntos, morado juntos, e eram bacharéis do mesmo ano. Quintanilha não seguiu advocacia nem magistratura, meteu-se na política; mas, eleito deputado provincial em 187... cumpriu o prazo da legislatura e abandonou a carreira. Herdara os bens de um tio, que lhe davam de renda cerca de trinta contos de tció, virti, para o seu Gonçalves, que advogava no Rio de Janeiro.

Posto que abastado, moço, amigo do seu único amigo, não se pode dizer que Quintanilha fosse inteiramente feliz, como vais ver. Ponho de lado o desgosto que lhe trouxe a herança com o ódio dos parentes; tal ódio foi que ele esteve prestes a abrir mão dela, e não o fez porque o amigo Gonçalves, que lhe dava idéias e conselhos, o convenceu de que semelhante ato seria rematada loucura.

– Que culpa tem você que merecesse mais a seu tio que os outros parentes? Não foi você que fez o testamento nem andou a bajular o defunto, como os outros. Se ele deixou tudo a você, é que o achou melhor que eles; fique-se com a fortuna, que é a vontade do morto, e não seja tolo.

Quintanilha acabou concordando. Dos parentes alguns buscaram reconciliar-se com ele, mas o amigo mostrou-lhe a intenção recôndita dos tais, e Quintanilha não lhes abriu a porta. Um desses, ao vê-lo ligado com o antigo companheiro de estudos, bradava por toda a parte:

– Aí está, deixa os parentes para se meter com estranhos; há de ver o fim que leva.

Ao saber disto, Quintanilha correu a contá-lo a Gonçalves, indignado. Gonçalves sorriu, chamou-lhe tolo e aquietou-lhe o ânimo; não valia a pena irritar-se por ditinhos.

– Uma só cousa desejo, continuou, é que nos separemos, para que se não diga...

– Que se não diga o quê? É boa! Tinha que ver, se eu passava a escolher as minhas amizades conforme o capricho de alguns peraltas sem-vergonha!

– Não fale assim, Quintanilha. Você é grosseiro com seus parentes.

– Parentes do diabo que os leve! Pois eu hei de viver com as pessoas que me forem designadas por meia dúzia de velhacos que o que querem é comer-me o dinheiro? Não, Gonçalves; tudo o que você quiser, menos isso. Quem escolhe os meus amigos sou eu, é o meu coração. Ou você está... está aborrecido de mim?

– Eu? Tinha graça.

– Pois então?

– Mas é...

– Não é tal!

A vida que viviam os dous era a mais unida deste mundo. Quintanilha acordava, pensava no outro, almoçava e ia ter com ele. Jantavam juntos, faziam alguma visita, passeavam ou acabavam a noite no teatro. Se Gonçalves tinha algum trabalho que fazer à noite, Quintanilha ia ajudá-lo como obrigação; dava busca aos textos de lei, marcava-os, copiava-os, carregava os livros. Gonçalves esquecia com facilidade, ora um recado, ora uma carta, sapatos, charutos, papéis. Quintanilha supria-lhe a memória. Às vezes, na rua do Ouvidor, vendo passar as moças, Gonçalves lembrava-se de uns autos que deixara no escritório. Quintanilha voava a buscá-los e tornava com eles, tão contente que não se podia saber se eram autos, se a sorte grande; procurava-o ansiosamente com os olhos, corria, sorria, morria de fadiga.

— São estes?
— São; deixa ver, são estes mesmos. Dá cá.
— Deixa, eu levo.
A princípio, Gonçalves suspirava:
— Que maçada que dei a você!

Quintanilha ria do suspiro com tão bom humor que o outro, para não o molestar, não se acusou de mais nada; concordou em receber os obséquios. Com o tempo, os obséquios ficaram sendo puro ofício. Gonçalves dizia ao outro: "Você hoje há de lembrar-me isto e aquilo". E o outro decorava as recomendações, ou escrevia-as, se eram muitas. Algumas dependiam de horas; era de ver como o bom Quintanilha suspirava aflito, à espera que chegasse tal ou tal hora para ter o gosto de lembrar os negócios ao amigo. E levava-lhe as cartas e papéis, ia buscar as respostas, procurar as pessoas, esperá-las na estrada de ferro, fazia viagens ao interior. De si mesmo descobria-lhe bons charutos, bons jantares, bons espetáculos. Gonçalves já não tinha liberdade de falar de um livro novo, ou somente caro, que não achasse um exemplar em casa.

— Você é um perdulário, dizia-lhe em tom repreensivo.

— Então gastar com letras e ciências é botar fora? É boa! concluía o outro.

No fim do ano quis obrigá-lo a passar fora as férias. Gonçalves acabou aceitando, e o prazer que lhe deu com isto foi enorme. Subiram a Petrópolis. Na volta, serra abaixo, como falassem de pintura, Quintanilha advertiu que não tinham ainda uma tela com o retrato dos dous, e mandou fazê-la. Quando a levou ao amigo, este não pôde deixar de lhe dizer que não prestava para nada. Quintanilha ficou sem voz.

— É uma porcaria, insistiu Gonçalves.

— Pois o pintor disse-me...

— Você não entende de pintura, Quintanilha, e o pintor aproveitou a ocasião para meter a espiga. Pois isto é cara decente? Eu tenho este braço torto?

— Que ladrão!

— Não, ele não tem culpa, fez o seu negócio; você é que não tem o sentimento da arte, nem prática, e espichou-se redondamente. A intenção foi boa, creio...

— Sim, a intenção foi boa.

— E aposto que já pagou?

— Já.

Gonçalves abanou a cabeça, chamou-lhe ignorante e acabou rindo. Quintanilha, vexado e aborrecido, olhava para a tela, até que sacou de um canivete e rasgou-a de alto a baixo. Como se não bastasse esse gesto de vingança, devolveu a pintura ao artista com um bilhete em que lhe transmitiu alguns dos nomes recebidos e mais o de asno. A vida tem muitas de tais pagas. Demais, uma letra de Gonçalves que se venceu dali a dias e que este não pôde pagar, veio trazer ao espírito de Quintanilha uma diversão. Quase brigaram; a idéia de Gonçalves era reformar a letra; Quintanilha, que era o endossante, entendia não valer a pena pedir o favor por tão escassa quantia (um conto e quinhentos), ele emprestaria o valor da letra, e o outro que lhe pagasse, quando pudesse. Gonçalves não consentiu e fez-se a reforma. Quando, ao fim dela, a situação se repetiu, o mais que este admitiu foi aceitar uma letra de Quintanilha, com o mesmo juro.

– Você não vê que me envergonha, Gonçalves? Pois eu hei de receber juro de você...?

– Ou recebe, ou não fazemos nada.

– Mas, meu querido...

Teve que concordar. A união dos dous era tal que uma senhora chamava-lhes os "casadinhos de fresco", e um letrado, Pílades e Orestes. Eles riam, naturalmente, mas o riso de Quintanilha trazia alguma cousa parecida com lágrimas: era, nos olhos, uma ternura úmida. Outra diferença é que o sentimento de Quintanilha tinha uma nota de entusiasmo, que absolutamente faltava ao de Gonçalves; mas, entusiasmo não se inventa. É claro que o segundo era mais capaz de inspirá-lo ao primeiro do que este a ele. Em verdade, Quintanilha era mui sensível a qualquer distinção; uma palavra, um olhar bastava a acender-lhe o cérebro. Uma pancadinha no ombro ou no ventre, com o fim de aprová-lo ou só acentuar a intimidade, era para derretê-lo de prazer. Contava o gesto e as circunstâncias durante dous e três dias.

Não era raro vê-lo irritar-se, teimar, descompor os outros. Também era comum vê-lo rir-se; alguma vez o riso era universal, entornava-se-lhe da boca, dos olhos, da testa, dos braços, das pernas, todo ele era um riso único. Sem ter paixões, estava longe de ser apático.

A letra sacada contra Gonçalves tinha o prazo de seis meses. No dia do vencimento, não só não pensou em cobrá-la, mas resolveu ir jantar a algum arrabalde para não ver o amigo, se fosse convidado à reforma. Gonçalves destruiu todo esse plano; logo cedo, foi levar-lhe o dinheiro. O primeiro gesto de Quintanilha foi recusá-lo, dizendo-lhe que o guardasse, podia precisar dele; o devedor teimou em pagar e pagou.

Quintanilha acompanhava os atos de Gonçalves; via a constância do seu trabalho, o zelo que ele punha na defesa das demandas, e vivia cheio de admiração. Realmente, não era grande advogado, mas na medida das suas habilitações, era distinto.

— Você por que não se casa? perguntou-lhe um dia; um advogado precisa casar.

Gonçalves respondia rindo. Tinha uma tia, única parenta, a quem ele queria muito, e que lhe morreu quando eles iam em trinta anos. Dias depois, dizia ao amigo:

— Agora só me resta você.

Quintanilha sentiu os olhos molhados e não achou que lhe respondesse. Quando se lembrou de dizer que "iria até à morte" era tarde. Redobrou então de carinhos, e um dia acordou com a idéia de fazer testamento. Sem revelar nada ao outro, nomeou-o testamenteiro e herdeiro universal.

— Guarde-me este papel, Gonçalves, disse-lhe entregando o testamento. Sinto-me forte, mas a morte é fácil, e não quero confiar a qualquer pessoa as minhas últimas vontades.

Foi por esse tempo que sucedeu um caso que vou contar.

Quintanilha tinha uma prima segunda, Camila, moça de vinte e dous anos, modesta, educada e bonita. Não era rica; o pai, João Bastos, era guarda-livros de uma casa de café. Haviam brigado por ocasião da herança; mas Quintanilha foi ao enterro da mulher de João Bastos, e este ato de piedade novamente os ligou. João Bastos esqueceu facilmente alguns nomes crus que dissera do primo, chamou-lhe outros nomes doces, e pediu-lhe que fosse jantar com ele. Quintanilha foi e tornou a ir. Ouviu ao primo o elogio da finada mulher; numa ocasião em que Camila os deixou sós, João Bastos louvou as raras prendas da filha, que afirmava haver recebido integralmente a herança moral da mãe.

– Não direi isto nunca à pequena, nem você lhe diga nada. É modesta, e, se começarmos a elogiá-la, pode perder-se. Assim, por exemplo, nunca lhe direi que é tão bonita como foi a mãe, quando tinha a idade dela; pode ficar vaidosa. Mas a verdade é que é mais, não lhe parece? Tem ainda o talento de tocar piano, que a mãe não possuía.

Quando Camila voltou à sala de jantar, Quintanilha sentiu vontade de lhe descobrir tudo, conteve-se e piscou o olho ao primo. Quis ouvi-la ao piano; ela respondeu, cheia de melancolia:

– Ainda não, há apenas um mês que mamãe faleceu, deixe passar mais tempo. Demais, eu toco mal.

– Mal?

– Muito mal.

Quintanilha tornou a piscar o olho ao primo, e ponderou à moça que a prova de tocar bem ou mal só se dava ao piano. Quanto ao prazo, era certo que apenas passara um mês; todavia era também certo que a música era uma distração natural e elevada. Além disso, bastava tocar um pedaço triste. João Bastos aprovou este modo de ver e lembrou uma composição elegíaca. Camila abanou a cabeça.

— Hum, não, sempre é tocar piano; os vizinhos são capazes de imaginar que eu toquei uma polca.

Quintanilha achou graça e riu. Depois concordou e esperou que os três meses fossem passados. Até lá, viu a prima algumas vezes, sendo as três últimas visitas mais próximas e longas. Enfim, pôde ouvi-la tocar piano, e gostou. O pai confessou que, a princípio, não gostava muito daquelas músicas alemãs; com o tempo e o costume achou-lhes sabor. Chamava à filha "a minha alemãzinha", apelido que foi adotado por Quintanilha, apenas modificado para o plural: "a nossa alemãzinha". Pronomes possessivos dão intimidade; dentro em pouco, ela existia entre os três – ou quatro, se contarmos Gonçalves, que ali foi apresentado pelo amigo –; mas fiquemos nos três.

Que ele é cousa já farejada por ti, leitor sagaz. Quintanilha acabou gostando da moça. Como não, se Camila tinha uns longos olhos mortais? Não é que os pousasse muita vez nele, e, se o fazia, era com tal ou qual constrangimento, a princípio, como as crianças que obedecem sem vontade às ordens do mestre ou do pai; mas pousava-os, e eles eram tais que, ainda sem intenção, feriam de morte. Também sorria com freqüência e falava com graça. Ao piano, e por mais aborrecida que tocasse, tocava bem. Em suma, Camila não faria obra de impulso próprio, sem ser por isso menos feiticeira. Quintanilha descobriu um dia de manhã que sonhara com ela a noite toda, e à noite que pensara nela todo o dia, e concluiu da descoberta que a amava e era amado. Tão tonto ficou que esteve prestes a imprimi-lo nas folhas públicas. Quando menos, quis dizê-lo ao amigo Gonçalves e correu ao escritório deste. A afeição de Quintanilha complicava-se de respeito e temor. Quase a abrir a boca, engoliu outra vez o segredo. Não ousou dizê-lo nesse dia nem no outro.

Antes dissesse; talvez fosse tempo de vencer a campanha. Adiou a revelação por uma semana. Um dia foi jantar com o amigo, e, depois de muitas hesitações, disse-lhe tudo; amava a prima e era amado.

– Você aprova, Gonçalves?

Gonçalves empalideceu – ou, pelo menos, ficou sério; nele a seriedade confundia-se com a palidez. Mas, não; verdadeiramente ficou pálido.

– Aprova? repetiu Quintanilha.

Após alguns segundos, Gonçalves ia abrir a boca para responder, mas fechou-a de novo, e fitou os olhos "em ontem", como ele mesmo dizia de si, quando os estendia ao longe. Em vão Quintanilha teimou em saber o que era, o que pensava, se aquele amor era *asneira*. Estava tão acostumado a ouvir-lhe este vocábulo que já lhe não doía nem afrontava, ainda em matéria tão melindrosa e pessoal. Gonçalves tornou a si daquela recordação, sacudiu os ombros, com ar desenganado, e murmurou esta palavra tão surdamente que o outro mal a pôde ouvir:

— Não me pergunte nada; faça o que quiser.
— Gonçalves, que é isso? perguntou Quintanilha, pegando-lhe nas mãos, assustado.

Gonçalves soltou um grande suspiro, que, se tinha asas, ainda agora estará voando. Tal foi, sem esta forma paradoxal, a impressão de Quintanilha. O relógio da sala de jantar bateu oito horas; Gonçalves alegou que ia visitar um desembargador, e o outro despediu-se.

Na rua, Quintanilha parou atordoado. Não acabava de entender aqueles gestos, aquele suspiro, aquela palidez, todo o efeito misterioso da notícia dos seus amores. Entrara e falara, disposto a ouvir do outro um ou mais daqueles epítetos costumados e amigos, *idiota*, *crédulo*, *paspalhão*, e não ouviu nenhum. Ao contrário, havia nos gestos de Gonçalves alguma cousa que pegava com o respeito. Não se lembrava de nada, ao jantar, que pudesse tê-lo ofendido; foi só depois de lhe confiar o sentimento novo que trazia a respeito da prima que o amigo ficou acabrunhado.

"Mas, não pode ser", pensava ele, "o que é que Camila tem que não possa ser boa esposa?"

Nisto gastou, parado, defronte da casa, mais de meia hora. Advertiu então que Gonçalves não saíra. Esperou mais meia hora, nada. Quis entrar outra vez, abraçá-lo, interrogá-lo... Não teve forças; enfiou pela rua fora, desesperado. Chegou à casa de João Bastos, e não viu Camila; tinha-se recolhido, constipada. Queria justamente contar-lhe tudo, e aqui é preciso explicar que ele ainda não se havia declarado à prima. Os olhares da moça não fugiam dos seus; era tudo, e podia não passar de faceirice. Mas o lance não podia ser melhor para clarear a situação. Contando o que se passara com o amigo, tinha o ensejo de lhe fazer saber que a amava e ia pedi-la ao pai. Era uma consolação no meio daquela agonia; o acaso negou-lha, e Quintanilha saiu da casa, pior do que entrara. Recolheu-se à sua.

Não dormiu antes das duas horas da manhã, e não foi para repouso, senão para agitação maior e nova. Sonhou que ia a atravessar uma ponte velha e longa, entre duas montanhas, e a meio caminho viu surdir debaixo um vulto e fincar os pés defronte dele. Era Gonçalves. "Infame, disse este com os olhos acesos, por que me vens tirar a noiva de meu coração, a mulher que eu amo e é minha? Toma, toma logo o meu coração, é mais completo." E com um gesto rápido abriu o peito, arrancou o coração e meteu-lho na boca. Quintanilha tentou pegar da víscera amiga e repô-la no peito de Gonçalves; foi impossível. Os queixos acabaram por fechá-la. Quis cuspi-la, e foi pior; os dentes cravaram-se no coração. Quis falar, mas vá alguém falar com a boca cheia daquela maneira. Afinal o amigo ergueu os braços e estendeu-lhe as mãos com o gesto de maldição que ela vira nos melodramas, em dias de rapaz; logo depois, brotaram lhe dos olhos duas imensas lágrimas, que encheram o vale de água, atirou-se abaixo e desapareceu. Quintanilha acordou sufocado.

A ilusão do pesadelo era tal que ele ainda levou as mãos à boca, para arrancar de lá o coração do amigo. Achou a língua somente, esfregou os olhos e sentou-se. Onde estava? Que era? E a ponte? E o Gonçalves? Voltou a si de todo, compreendeu e novamente se deitou, para outra insônia, menor que a primeira, é certo; veio a dormir às quatro horas.

De dia, rememorando toda a véspera, realidade e sonho, chegou à conclusão de que o amigo Gonçalves era seu rival, amava a prima dele, era talvez amado por ela... Sim, sim, podia ser. Quintanilha passou duas horas cruéis. Afinal pegou em si e foi ao escritório de Gonçalves, para saber tudo de uma vez; e, se fosse verdade, sim, se fosse verdade...

Gonçalves redigia umas razões de embargo. Interrompeu-as para fitá-lo um instante, erguer-se, abrir o armário de ferro, onde guardava os papéis graves, tirar de lá o testamento de Quintanilha e entregá-lo ao testador.

– Que é isto?

– Você vai mudar de estado, respondeu Gonçalves, sentando-se à mesa.

Quintanilha sentiu-lhe lágrimas na voz; assim lhe pareceu, ao menos. Pediu-lhe que guardasse o testamento; era o seu depositário natural. Instou muito; só lhe respondia o som áspero da pena correndo no papel. Não corria bem a pena, a letra era tremida, as emendas mais numerosas que de costume, provavelmente as datas erradas. A consulta dos livros era feita com tal melancolia que entristecia o outro. Às vezes, parava tudo, pena e consulta, para só ficar o olhar fito "em ontem".

– Entendo, disse Quintanilha subitamente, ela será tua.

– Ela quem? quis perguntar Gonçalves, mas já o amigo voava escada abaixo, como uma flecha, e ele continuou as suas razões de embargo.

Não se adivinha todo o resto; basta saber o final. Nem se adivinha nem se crê; mas a alma humana é capaz de esforços grandes, no bem como no mal. Quintanilha fez outro testamento, legando tudo à prima, com a condição de desposar o amigo. Camila não aceitou o testamento, mas ficou tão contente, quando o primo lhe falou das lágrimas de Gonçalves, que aceitou Gonçalves e as lágrimas. Então Quintanilha não achou melhor remédio que fazer terceiro testamento legando tudo ao amigo.

O final da história foi dito em latim. Quintanilha serviu de testemunha ao noivo, e de padrinho aos dous primeiros filhos. Um dia em que, levando doces para os afilhados, atravessava a praça Quinze de Novembro, recebeu uma bala revoltosa (1893) que o matou quase instantaneamente. Está enterrado no cemitério de São João Batista; a sepultura é simples, a pedra tem um epitáfio que termina com esta pia frase: "Orai por ele!" É também o fecho da minha história. Orestes vive ainda, sem os remorsos do modelo grego. Pílades é agora o personagem mudo de Sófocles. Orai por ele!

ANEDOTA DO CABRIOLÉ

— Cabriolé está aí, sim senhor, dizia o preto que viera à matriz de São José chamar o vigário para sacramentar dous moribundos.

A geração de hoje não viu a entrada e a saída do cabriolé no Rio de Janeiro. Também não saberá do tempo em que o *cab* e o tílburi vieram para o rol dos nossos veículos de praça ou particulares. O *cab* durou pouco. O tílburi, anterior aos dous, promete ir à destruição da cidade. Quando esta acabar e entrarem os cavadores de ruínas, achar-se-á um parado, com o cavalo e o cocheiro em ossos, esperando o freguês do costume. A paciência será a mesma de hoje, por mais que chova, a melancolia maior, como quer que brilhe o sol, porque juntará a própria atual à do espectro dos tempos. O arqueólogo dirá cousas raras sobre os três esqueletos. O cabriolá não teve história; deixou apenas a anedota que vou dizer.

— Dous! exclamou o sacristão.

— Sim, senhor, dous, nhã Anunciada e nhô Pedrinho. Coitado de nhô Pedrinho! E nhã Anunciada, coitada! continuou o preto a gemer, andando de um lado para outro, aflito, fora de si.

Alguém que leia isto com a alma turva de dúvidas, é natural que pergunte se o preto sentia deveras, ou se queria picar a curiosidade do coadjutor e do sacristão. Eu estou que tudo se pode combinar neste mundo, como no outro. Creio que ele sentia deveras; não descreio que ansiasse por dizer alguma história terrível. Em todo caso, nem o coadjutor nem o sacristão lhe perguntavam nada.

Não é que o sacristão não fosse curioso. Em verdade, pouco mais era que isso. Trazia a paróquia de cor; sabia os nomes às devotas, a vida delas, a dos maridos e a dos pais, as prendas e os recursos de cada uma, e o que comiam, e o que bebiam, e o que diziam, os vestidos e as virtudes, os dotes das solteiras, o comportamento das casadas, as saudades das viúvas. Pesquisava tudo; nos intervalos ajudava a missa e o resto. Chamava-se João das Mercês, homem quarentão, pouca barba e grisalho, magro e meão.

"Que Pedrinho e que Anunciada serão esses?" dizia consigo, acompanhando o coadjutor.

Embora ardesse por sabê-los, a presença do coadjutor impediria qualquer pergunta. Este ia tão calado e pio, caminhando para a porta da igreja, que era força mostrar o mesmo silêncio e piedade que ele. Assim foram andando. O cabriolé esperava-os; o cocheiro desbarretou-se, os vizinhos e alguns passantes ajoelharam-se, enquanto o padre e o sacristão entravam e o veículo enfiava pela rua da Misericórdia. O preto desandou o caminho a passo largo.

Que andem burros e pessoas na rua, e as nuvens no céu, se as há, e os pensamentos nas cabeças, se os têm. A do sacristão tinha-os vários e confusos. Não era acerca de *Nosso-Pai*, embora soubesse adorá-lo, nem da água benta e do hissope que levava; também não era acerca da hora – oito e quarto da noite –, aliás, o céu estava claro e a lua ia aparecendo. O próprio cabriolé, que era novo na terra, e substituía neste caso a sege, esse mesmo veículo não ocupava o cérebro todo de João das Mercês, a não ser na parte que pegava com nhô Pedrinho e nhã Anunciada.

"Há de ser gente nova", ia pensando o sacristão, "mas hóspeda em alguma casa, decerto, porque não há casa vazia na praia, e o número é da do comendador Brito. Parentes, serão? Que parentes, se nunca ouvi…? Amigos, não sei; conhecidos, talvez, simples conhecidos. Mas então mandariam cabriolé? Este mesmo preto é novo na casa; há de ser escravo de um dos moribundos, ou de ambos."

Era assim que João das Mercês ia cogitando, e não foi por muito tempo. O cabriolé parou à porta de um sobrado, justamente a casa do comendador Brito, José Martins de Brito. Já havia algumas pessoas embaixo com velas, o padre e o sacristão apearam-se e subiram a escada, acompanhados do comendador. A esposa deste, no patamar, beijou o anel ao padre. Gente grande, crianças, escravos, um burburinho surdo, meia claridade, e os dous moribundos à espera, cada um no seu quarto, ao fundo.

Tudo se passou, como é de uso e regra, em tais ocasiões. Nhô Pedrinho foi absolvido e ungido, nhã Anunciada também, e o coadjutor despediu-se da casa para tornar à matriz com o sacristão. Este não se despediu do comendador sem lhe perguntar ao ouvido se os dous eram parentes seus. Não, não eram parentes, respondeu Brito; eram amigos de um sobrinho que vivia em Campinas; uma história terrível... Os olhos de João das Mercês escutaram arregaladamente estas duas palavras, e disseram, sem falar, que viriam ouvir o resto – talvez naquela mesma noite. Tudo foi rápido, porque o padre descia a escada, era força ir com ele.

Foi tão curta a moda do cabriolé que este provavelmente não levou outro padre a moribundos. Ficou-lhe a anedota, que vou acabar já, tão escassa foi ela, uma anedota de nada. Não importa. Qualquer que fosse o tamanho ou a importância, era sempre uma fatia de vida para o sacristão, que ajudou o padre a guardar o pão sagrado, a despir a sobrepeliz, e a fazer tudo mais, antes de se despedir e sair. Saiu, enfim, a pé, rua acima, praia fora, até parar à porta do comendador.

Em caminho foi evocando toda a vida daquele homem, antes e depois da comenda. Compôs o negócio, que era fornecimento de navios, creio eu, a família, as festas dadas, os cargos paroquiais, comerciais e eleitorais, e daqui aos boatos e anedotas não houve mais que um passo ou dous. A grande memória de João das Mercês guardava todas as cousas, máximas e mínimas, com tal nitidez que pareciam da véspera, e tão completas que nem o próprio objeto delas era capaz de as repetir iguais. Sabia-as como o Padre-Nosso, isto é, sem pensar nas palavras; ele rezava tal qual comia, mastigando a oração, que lhe saía dos queixos sem sentir. Se a regra mandasse rezar três dúzias de Padre-Nossos seguidamente, João das Mercês os diria sem contar. Tal era com as vidas alheias; amava sabê-las, pesquisava-as, decorava-as, e nunca mais lhe saíam da memória.

Na paróquia todos lhe queriam bem, porque ele não enredava nem maldizia. Tinha o amor da arte pela arte. Muita vez nem era preciso perguntar nada. José dizia-lhe a vida de Antônio e Antônio a de José. O que ele fazia era ratificar ou retificar um com outro, e os dous com Sancho, Sancho com Martinho, e vice-versa, todos com todos. Assim é que enchia as horas vagas, que eram muitas. Alguma vez, à própria missa, recordava uma anedota da véspera, e, a princípio, pedia perdão a Deus; deixou de lho pedir quando refletiu que não falhava uma só palavra ou gesto do santo sacrifício, tão consubstanciados os trazia em si. A anedota que então revivia por instantes era como a andorinha que atravessa uma paisagem. A paisagem fica sendo a mesma, e a água, se há água, murmura o mesmo som. Esta comparação, que era dele, valia mais do que ele pensava, porque a andorinha, ainda voando, faz parte da paisagem, e a anedota fazia nele parte da pessoa; era um dos seus atos de viver.

Quando chegou à casa do comendador, tinha desfiado o rosário da vida deste, e entrou com o pé direito para não sair mal. Não pensou em sair cedo, por mais aflita que fosse a ocasião, e nisto a fortuna o ajudou. Brito estava na sala da frente, em conversa com a mulher, quando lhe vieram dizer que João das Mercês perguntava pelo estado dos moribundos. A esposa retirou-se da sala, o sacristão entrou pedindo desculpas e dizendo que era por pouco tempo; ia passando e lembrara-se de saber se os enfermos tinham ido para o céu – ou se ainda eram deste mundo.

Tudo o que dissesse respeito ao comendador seria ouvido por ele com interesse.

— Não morreram, nem sei se escaparão; quando menos, ela creio que morrerá, concluiu Brito.

— Parecem bem mal.

— Ela, principalmente; também é a que mais padece da febre. A febre os pegou aqui em nossa casa, logo que chegaram de Campinas, há dias.

— Já estavam aqui? perguntou o sacristão, pasmado de o não saber.

— Já; chegaram há quinze dias, ou catorze. Vieram com o meu sobrinho Carlos e aqui apanharam a doença...

Brito interrompeu o que ia dizendo; assim pareceu ao sacristão, que pôs no semblante toda a expressão de pessoa que espera o resto. Entretanto, como o outro estivesse a morder os beiços e a olhar para as paredes, não viu o gesto de espera, e ambos se detiveram calados. Brito acabou andando ao longo da sala, enquanto João das Mercês dizia consigo que havia alguma cousa mais que febre. A primeira idéia que lhe acudiu foi se os médicos teriam errado na doença ou no remédio; também pensou que podia ser outro mal escondido, a que deram o nome de febre para encobrir a verdade. Ia acompanhando com os olhos o comendador, enquanto este andava e desandava a sala toda, apagando os passos para não aborrecer mais os que estavam dentro. Já vinha algum murmúrio de conversação, chamado, recado, porta que se abria ou fechava. Tudo isso era cousa nenhuma para quem tivesse outro cuidado; mas o nosso sacristão já agora não tinha mais que saber o que não sabia. Quando menos, a família dos enfermos, a posição, o atual estado, alguma página da vida deles, tudo era conhecer algo, por mais arredado que fosse da paróquia.

– Ah! exclamou Brito, estacando o passo.

Parecia haver nele o desejo impaciente de referir um caso – a "história terrível", que anunciara ao sacristão, pouco antes; mas nem este ousava pedi-la nem aquele dizê-la, e o comendador pegou a andar outra vez.

João das Mercês sentou-se. Viu bem que em tal situação cumpria despedir-se com boas palavras de esperança ou de conforto e voltar no dia seguinte; preferiu sentar-se e aguardar. Não viu na cara do outro nenhum sinal de reprovação do seu gesto; ao contrário, ele parou defronte e suspirou com grande cansaço.

– Triste, sim, triste, concordou João das Mercês. Boas pessoas, não?

– Iam casar.

– Casar? Noivos um do outro?

Brito confirmou de cabeça. A nota era melancólica, mas não havia sinal da história terrível anunciada, e o sacristão esperou por ela. Observou consigo que era a primeira vez que ouvia alguma cousa de gente que absolutamente não conhecia. As caras, vistas há pouco, eram o único sinal dessas pessoas. Nem por isso se sentia menos curioso. Iam casar... Podia ser que a história terrível fosse isso mesmo. Em verdade, atacados de um mal na véspera de um bem, o mal devia ser terrível. Noivos e moribundos...

Vieram trazer recado ao dono da casa; este pediu licença ao sacristão, tão depressa que nem deu tempo a que ele se despedisse e saísse. Correu para dentro, e lá ficou cinqüenta minutos. Ao cabo, chegou à sala um pranto sufocado; logo após, tornou o comendador.

– Que lhe dizia eu, há pouco? Quando menos, ela ia morrer; morreu.

Brito disse isto sem lágrimas e quase sem tristeza. Conhecia a defunta de pouco tempo. As lágrimas, segundo referiu, eram do sobrinho de Campinas e de uma parenta da defunta, que morava em Mata-porcos. Daí a supor que o sobrinho do comendador gostasse da noiva do moribundo foi um instante para o sacristão, mas não se lhe pegou a idéia por muito tempo; não era forçoso, e depois se ele próprio os acompanhara... Talvez fosse padrinho de casamento. Quis saber, e era natural, o nome da defunta. O dono da casa – ou por não querer dar-lho, ou porque outra idéia lhe tomasse agora a cabeça – não declarou o nome da noiva, nem do noivo. Ambas as causas seriam.

– Deus a receberá em sua santa guarda, e a ele também, se vier a expirar, disse o sacristão cheio de melancolia.

E esta palavra bastou a arrancar metade do segredo que parece ansiava por sair da boca do fornecedor de navios. Quando João das Mercês lhe viu a expressão dos olhos, o gesto com que o levou à janela, e o pedido que lhe fez de jurar, jurou por todas as almas dos seus que ouviria e calaria tudo. Nem era homem de assoalhar as confidências alheias, mormente as de pessoas gradas e honradas como era o comendador. Ao que este se deu por satisfeito e animado, e então lhe confiou a primeira metade do segredo, a qual era que os dous noivos, criados juntos, vinham casar aqui quando souberam, pela parenta de Mata-porcos, uma notícia abominável...

– E foi...? precipitou-se em dizer João das Mercês, sentindo alguma hesitação no comendador.

– Que eram irmãos.

– Irmãos como? Irmãos de verdade?

– De verdade; irmãos por parte de mãe. O pai é que não era o mesmo. A parenta não lhes disse tudo nem claro, mas jurou que era assim, e eles ficaram fulminados durante um dia ou mais...

João das Mercês não ficou menos espantado que eles; dispôs-se a não sair dali sem saber o resto. Ouviu dez horas, ouviria todas as demais da noite, velaria o cadáver de um ou de ambos, uma vez que pudesse juntar mais esta página às outras da paróquia, embora não fosse da paróquia.

– E vamos, vamos, foi então que a febre os tomou...?

Brito cerrou os dentes para não dizer mais nada. Como, porém, o viessem chamar de dentro, acudiu depressa, e meia hora depois estava de volta, com a nova do segundo passamento. O choro, agora mais franco, posto que mais esperado, não havendo já de quem o esconder, trouxera a notícia ao sacristão.

– Lá se foi o outro, o irmão, o noivo... Que Deus lhes perdoe! Saiba agora tudo, meu amigo. Saiba que eles se queriam tanto que alguns dias depois de conhecido o impedimento natural e canônico do consórcio, pegaram em si e, fiados em serem apenas meios-irmãos e não irmãos inteiros, meteram-se em um cabriolé e fugiram de casa. Dado logo o alarma, alcançamos pegar o cabriolé em caminho da Cidade Nova, e eles ficaram tão pungidos e vexados da captura que adoeceram de febre e acabam de morrer.

Não se pode escrever o que sentiu o sacristão, ouvindo-lhe este caso. Guardou-o por algum tempo, com dificuldade. Soube os nomes das pessoas pelo obituário dos jornais, e combinou as circunstâncias ouvidas ao comendador com outras. Enfim, sem se ter por indiscreto, espalhou a história, só com esconder os nomes e contá-la a um amigo, que a passou a outro, este a outros, e todos a todos. Fez mais; meteu-lhe em cabeça que o cabriolé da fuga podia ser o mesmo dos últimos sacramentos; foi à cocheira, conversou familiarmente com um empregado, e descobriu que sim. Donde veio chamar-se a esta página a "anedota do cabriolé".

Cromosete
Gráfica e editora Ltda.

Impressão e acabamento
Rua Uhland, 307 - Vila Ema
03283-000 - São Paulo - SP
Tel/Fax: (011) 6104-1176
Email: adm@cromosete.com.br